W0371451

LA LIBRAIRIE DU XXIe SIÈCLE

Collection
dirigée par Maurice Olender

Jean-Claude Grumberg

Jacqueline Jacqueline

Éditions du Seuil

ISBN 978-2-02-148615-5

© Éditions du Seuil, août 2021

Le Code de la propriété intellectuelle interdit les copies ou reproductions destinées à une utilisation collective. Toute représentation ou reproduction intégrale ou partielle faite par quelque procédé que ce soit, sans le consentement de l'auteur ou de ses ayants cause, est illicite et constitue une contrefaçon sanctionnée par les articles L. 335-2 et suivants du Code de la propriété intellectuelle.

www.seuil.com

C'est un livre pour parler la nuit, en silence,
avec les mots des morts trop vite partis.

Cette nuit

Tu es revenue cette nuit, chérie, sans prévenir. Je marchais dans une rue, harassé, hésitant, seul, vieux en somme, pourquoi ne pas le dire ? Vieux ? Quand je suis assis et que je parle, quand je dis des bêtises disons, pour peu que mon ou mes interlocuteurs se montrent assez complaisants pour rire de ces bêtises, je ne me sens pas vieux. Triste oui, mais vieux, non. Une fois seul, marchant, bousculé par les passants, évitant les trottinettes, les travaux, les vélos, les planches à roulettes, je me sens soudain si vieux, si seul… Enfin, cette nuit donc, dans cette rue inconnue, sans trottoirs, comme le sont les rues des vieilles villes de province, ou les rues piétonnes dans les villes italiennes, je marche et je sens comme une tape dans mon dos, légère, amicale, espiègle même. Je tourne la tête, bien sûr je ne vois personne. Mon œil droit ne voit jamais personne. Et comme je me tourne toujours du côté droit, je ne vois jamais personne. Je continue donc à marcher. Nouvelle tape, un tout petit peu plus forte. Cette fois je pivote sur la gauche, et là, mon œil valide te découvre. Quelle joie ! Quel bonheur ! Tu es là devant moi. Je pourrais, si je le pouvais, si je le voulais même, te toucher. Tu souris, tu me souris, mutine, tendre, heureuse de m'avoir surpris. Pour toi, tout semble normal. Pour moi, c'est comme si je renaissais.

Tu portes le manteau dont j'aimais tant caresser et pétrir la soie grise chinée, avec cette discrète garniture soulignant l'encolure et se terminant en cravate. Ce manteau pourvu de tant de petits boutons de nacre que mes mains fébriles n'arrivaient pas à déboutonner assez vite, si bien que c'est toi qui devais finir le travail pour m'offrir l'accès à tes seins, et ensuite à ton corps tout entier. Je ressens de nouveau dans mes mains la chaleur de tes seins et celle de ton corps, je revois la beauté simple de ce manteau de tes vingt-cinq ans sous lequel je glissais mes mains avant que mon corps se joigne au tien. Nous squattions toutes les portes cochères et je te disais – souviens-toi – que j'aimerais posséder mille mains, cent mille même, pour te caresser partout à la fois au même instant. Et il me semble t'avoir redit ça lors de l'une de nos dernières nuits, soixante ans après, mille mains pour te caresser, partout à la fois, toujours, toujours.

Là, je ne te touche pas, j'ai peur que tout mouvement de ma part ne te fasse disparaître. Je me contente de te contempler, de te dévorer de mes yeux, pardon, de te dévorer de mon œil unique. Lorsque tu portais ce manteau, j'avais encore mes deux yeux munis d'atroces lunettes, ce qui me faisait ressembler, au dire des enfants, à un crapaud. Tu aimais ce crapaud riquiqui, comme tu aimes encore ce vieux crapaud ravi qui te contemple. Merci, mille fois merci d'être venue le voir, quittant un instant ton refuge paradisiaque pour venir lui taper dans le dos, dans cette rue piétonne d'une ville d'on ne sait où, de nulle part sans doute.

Les passants doivent nous regarder, toi si jeune, si belle, si sensuelle et si bien habillée avec ce manteau de soie sauvage, moi si vieux, si peu comestible. Cela ressemble à un résumé de notre vie à deux, chérie. Je reste figé et toi tu souris. Tu me souris de ce sourire entre amour et amitié. Tu attends peut-être quelque chose de moi ? Un signe, une parole, un baiser ? Ou que je glisse mes mains une nouvelle fois sous ton manteau ? Que j'aille y chercher tes seins ? Non, je préfère te dévorer des yeux. Je veux imprimer dans ma rétine valide chaque détail de ton être, car je sais, je sens, que tes visites se feront de plus en plus rares.

Pourtant un détail me chagrine, m'inquiète. Si le profil que tu m'offres, lisse et rayonnant, me paraît aussi jeune que lorsque tu portais réellement ce manteau de soie, l'autre profil m'inquiète. On y voit comme si la texture de ta peau s'écaillait par endroits, comme lorsque sur un mur, l'usure et l'âge font disparaître la peinture, laissant apparaître le plâtre. Oui, ça m'inquiète un peu. Mais comme je suis encore sous le coup de la joie de ta tape dans le dos, j'oublie l'effritement. Je vis encore pleinement le ravissement de ton retour. Te parler ? Te questionner ? Est-ce bien là où tu es ? Non, non, ne rien dire. Ne rien chercher à savoir. Juste profiter de la joie que j'éprouve à te revoir, juste ressentir la joie immense de ton retour.

J'ouvre l'œil lorsque les larmes picorent trop mes yeux et que les craquelures finissent de flouter ton visage. Je tente d'éprouver encore le délice de la double tape dans le dos. Je suis là, sous mon drap, je te vois encore dans ton manteau de soie. Je reste ainsi un instant, puis je me lève. Je sens la pesanteur qui me plombe. Je te dis encore merci. Merci mille fois, dix mille fois et plus, chérie, de ta visite, de m'avoir montré ainsi que toi aussi en ton paradis tu ne m'oublies pas, tu penses à moi comme je pense à toi.

Voilà, je suis debout, heureux de vous avoir revus, toi et ton beau manteau de tes vingt-cinq ans que nous appelions tous deux « mon manteau préféré ». Debout, je suis assailli par toutes les conneries à régler. Non seulement tu perds l'être le plus cher, la meilleure partie de toi-même, mais en prime il te faut régler des tas de trucs dont tu ne t'es pas occupé avant, persuadé que la vie n'aurait pas de fin, pas de fin jamais pour nous.

Reviens, chérie, reviens souvent, d'où que tu sois, où que je suis je t'attends.

Les inséparables

Si je tente de penser au jour précédant ta mise en bière, ta levée de corps – sordide métaphore de la langue deuil –, je me retrouve face au tabac, en bas de chez nous, là où tous les matins tu achetas, pendant près de cinquante ans, ton poison quotidien.

La veille je t'avais laissée dans le sous-sol glacé de l'hôpital final, dans ta tenue de dernier voyage, sobre et élégante comme d'habitude. « *Elegantz* », avec l'accent yiddish, c'est ainsi que mon grand-père t'avait qualifiée dans sa surprise de te découvrir à mon bras. « *Elegantz !* »

Les traits tirés, certes, mais reposée, quasi juvénile. Comme ils ne t'avaient pas nourrie – ton foie refusant tout –, tu avais repris ton visage de jeune fille dont je ne pouvais détacher mon regard, admirant ce miracle de ta beauté singulière et souveraine. Je t'avais laissée seule, ne sachant où me mettre. J'étais parti, titubant, après avoir enfin osé toucher du bout de mes doigts le coin de tes lèvres glacées, avant de les porter à ma bouche.

À la maison, face à la télé – non, non, je ne suis pas resté dans la cuisine à pleurer le nez dans mon potage ou à me saouler à la vodka herbe de bison comme j'aurais aimé le faire pour la beauté du geste –, ouvrant l'œil soudain, je t'ai cherchée du regard, persuadé que tu étais assise à mes côtés, me regardant dormir devant la télé en te moquant gentiment de ton vieux croulant de mari qui dort devant la télé.

Je me suis traîné, après avoir repris, si on peut dire, mes esprits, jusqu'à notre lit. Au matin j'ai posé machinalement ma main gauche à plat sur le drap de ton côté, le drap était froid. Après des ablutions sommaires et un tout petit déjeuner de pain sec et de thé vert, thé vert sans aucun goût, disais-tu – je t'expliquais alors que j'aimais les choses sans goût pour mieux apprécier ton goût à toi que je préférais à tout –, enfin j'entre au tabac pour y acheter les journaux du matin et un carnet de tickets. La buraliste asiatique – chinoise ou thaïe, je ne sais, et comme tu n'es plus là pour me le dire, je vais continuer à l'ignorer éternellement – m'annonce la somme que je lui dois et, tandis que je cherche ma monnaie, la pauvrette me demande comment ça va. Tout en jetant l'argent sur son comptoir, je m'entends hurler en articulant comme un dément : « Mon épouse est décédée ! »

La buraliste extrême-orientale éclate alors d'un rire franc et massif. J'imagine que le ton de ma voix, l'incongruité, la violence, ainsi que l'aspect de mon visage décomposé par les sanglots que je tente de refouler, lui ont fait croire à une blague de ma part. Et quand soudain l'information a fini de faire le tour de ses circuits neuronaux et vient enfin frapper son cortex, son rire se mue en sanglots. Elle se cache le visage derrière ses deux mains largement ouvertes à la japonaise, façon Kurosawa. Elle pleure, elle pleure, cachant sa face honteuse, secouant ses épaules tremblantes. Moi je sors, la laissant seule, en larmes, derrière son comptoir. Je quitte le tabac comme sortent les justiciers de western faisant claquer les portes du saloon, fier d'avoir abattu un complice des meurtriers de sa femme bien-aimée. Je range mon colt, j'enfourche mon alezan, souple et serein, fier du devoir accompli, je suis Burt Lancaster. Te rappelles-tu, chérie ? Pour te séduire je te montrais mes dents à brûle-pourpoint et je te demandais : « À qui je te fais penser ? » Immanquablement tu me répondais : « À Peter Lorre dans *M le maudit*. » Et pour tout te dire, j'étais flatté de ta réponse. Pourtant, pourtant, je ressemblais bien à Burt Lancaster. Pire, j'étais Burt Lancaster, et toi tu ne le voyais pas. Personne ne le voyait. Même mon cheval ne le voyait pas.

Je croisais, je croise encore, des voisins, des voisines, des commerçants, des amis, des connaissances, tous s'étonnent de me voir sans toi. Et je devais, je dois les informer et détailler la chose, les circonstances et les raisons de ton départ précipité. Avant, quand nous étions jeunes, très jeunes, il suffisait de s'habiller en noir, avec un fichu noir sur la tête pour les personnes du sexe, pour informer le chaland qui passe du malheur qui nous frappe. L'homme pouvait se nouer une cravate noire, ou mieux encore se faire coudre un bout de crêpe noir au revers de son veston, ou pour montrer l'importance de la perte, arborer un brassard noir au bras gauche, côté cœur. Toi, toi, tu t'habillais de noir depuis ton adolescence. Le noir était ta couleur, et même lorsque tu fabriquais des milliers de robes imprimées riches de couleurs vives et joyeuses, tu restais de noir vêtue. Si bien que dans ta famille, certains te demandaient qui était mort autour de toi.

Il y a peu, une dame se jette sur moi, bras ouverts, et m'interroge, enjouée : « Alors comment va la petite bûcheronne ? » Elle fait sans doute allusion à *La Plus Précieuse des marchandises*, mais moi je ne peux que répondre : « Elle est morte. » Et après, je dois m'excuser et lui faire tout l'historique de ton odyssée médicale. La dame se tord les mains, s'arrache les cheveux : « Incroyable ! Incroyable ! » Elle m'embrasse sur les deux joues en me quittant. « Condoléances. » Et comme tu n'es plus là et que je ne reconnais personne sans toi, je ne sais pas qui est cette personne à qui j'ai raconté ton histoire et qui m'a embrassé, je ne sais même pas si tu la connaissais ou si moi-même je la connaissais.

Tous et toutes s'étonnent de la rapidité de ton départ. « On l'avait vue, dans la rue, au magasin, il y a peu. Elle ne faisait pas son âge, elle était resplendissante, et toujours aimable, en pleine forme. Comment se fait-il ? Comment est-ce possible ? » Et moi, je dois détailler, et redétailler : la tumeur au poumon, l'opération en juillet 2018, avec l'ablation d'une partie du poumon gauche et deux ou trois autres petits trucs sans importance qu'on a dû couper au passage. Et comment tu l'as surmontée, comment tu es revenue à la santé. La grosseur de cette tumeur, sa virulence, et toi récupérant, surmontant, oui oui, comment tu as remonté la pente, tu as retrouvé le plaisir de vivre, l'appétit, la joie, comment nous y avons cru, etc., etc. Et comment, subitement, le ciel nous est tombé sur la tête. Ta tumeur est revenue attaquer ton foie. Oui oui… oui… La même tumeur, passant du poumon au foie, avec la même violence, la même virulence. À peine diagnostiquée « tumeur maligne », elle était déjà si monstrueusement grosse qu'il était trop tard.

Je croise la voisine du dessous qui rentre d'un voyage, des paquets plein les bras. Elle me demande :

« Comment va Jacqueline ?

– Elle est partie.

– Partie où ?

– Elle est morte.

– Elle est morte ! ! ! »

Elle en lâche ses paquets, elle vacille, j'ai peur qu'elle ne s'effondre au sol.

« Mais comment est-ce ? Elle était… Elle était si… »

Et je ressors l'historique. Comment les médecins ont surveillé ses poumons, son cerveau, son poids, mais n'ont jamais regardé du côté du foie. Pire, l'un d'eux a vu une tache sur le foie, il a décidé que c'était « deux fois rien ». Elle avait quatre-vingt-deux ans.

« Elle ne faisait pas son âge !

– Quatre-vingt-un exactement, elle allait sur ses quatre-vingt-deux.

– Elle en faisait dix de moins ! »

J'approuve, j'approuve.

Seulement dix ? aurais-tu glissé dans un sourire.

« Non non, elle n'a pour ainsi dire pas souffert. Enfin, la morphine, la codéine, que sais-je. Oui oui, là où elle était, c'était très bien, très bien, je vous le recommande, très bien traitée, c'est un endroit tout ce qu'il y a de recommandable pour finir, oui oui, pour finir. Malheureusement on ne peut pas retenir sa place à l'avance, les places sont rares, très rares. Oui, si vous voulez, on a eu de la chance, on a eu de la chance. »

Il y a quelques jours, donc quatre mois après ton départ – quatre mois, à peine croyable, quatre mois, si longs, si courts, c'est comme si c'était hier, ou il y a des années. Le temps n'existe plus pour moi –, quatre mois donc, la pharmacienne, tu sais celle de la petite pharmacie rue de Seine tout près de la rue de Buci, celle chez qui on n'achète pratiquement jamais rien, oui, celle avec qui tu aimais parler de Saint-Jean-de-Luz, elle est native de Saint-Jean-de-Luz et elle s'y rend souvent, et vous aimiez parler toutes deux de Saint-Jean, oui, je la rencontre l'autre jour sur le trottoir et elle me demande pourquoi elle ne te voit plus passer avec moi ou avec Jeanne. Je lui dis ce qu'il en est.

Elle me regarde, me fixe, elle ne me croit pas. Elle t'a vue il n'y a pas quinze jours, tu passais.

« Non, il y a plus de trois mois qu'elle est partie.

– Non non, je l'ai vue il y a peu avec votre fille Olga et la petite Jeanne !

– Trois mois, quatre mois même !

– Comment est-ce possible ? Comment ? Et je n'en ai rien su ? »

Je lui distille la chose médicale. Elle me dit qu'elle ne peut pas le croire. Puis elle ajoute que le week-end dernier elle était à Saint-Jean-de-Luz, justement, et qu'elle a pensé à elles, à Jacqueline et à Jeanne. Et elle leur a acheté un paquet de petits gâteaux de la maison Adam et elle va me le donner pour que je le mange avec Jeanne et Olga. Elle rentre dans sa minuscule pharmacie et en ressort avec un paquet Adam. Je me confonds en remerciements. Elle me dit alors, au bord des larmes, cette phrase qu'il me suffit de répéter pour me mettre moi aussi à pleurer : « Elle a eu tant de bonheur avec vous ! » Tant de bonheur avec moi ? Et je me retrouve rue de Seine, en larmes, le petit paquet à la main, petit paquet qui t'était destiné, chérie, et que j'ai dévoré avec Olga et Jeanne.

Comment faisais-tu ? Comment as-tu fait tout au long de ta vie pour susciter ces amitiés, pour devenir si importante aux yeux et au cœur de gens que nous connaissions à peine ? En quel métal magnétique étais-tu faite pour qu'on s'attache ainsi à toi sans même te connaître ?

L'homme au chien de la rue de Seine, celui qui gît au sol près de cette petite pharmacie et qui nous avait surnommés – t'en souviens-tu ? – à force de nous voir passer toujours ensemble, les inséparables. Les inséparables. Il ne m'a rien demandé depuis qu'il me voit passer seul, je lui en sais gré infiniment.

Et que dire ?

Et que dire de l'ultime nuit passée côte à côte dans notre lit ? Je n'ai pas osé te parler. Je savais que tu savais que le lendemain au matin une ambulance allait t'arracher à ce lit, à cette chambre, à notre nid, à son fouillis que la veille encore tu te désespérais de n'avoir pu ranger avant ton départ ; t'arracher à tout ce que tu as pu aimer, choisir et chérir, car le moindre objet, la moindre photo, tout, tout dans ce lieu fut imaginé par toi. Dans ce lieu où nous avons vécu, Olga, moi et toi, quarante-cinq ans durant, dans ce lieu où nous nous sommes disputés, réconciliés et aimés mille et mille fois. Oui, nous avons lu des histoires, raconté des histoires, écrit des histoires dans ce lieu qui était fait de ta chair, ce lieu dont la beauté était à ton image, sans apprêt, sans esbroufe ; ce lieu rempli de tes vêtements, de tes chaussures, de tes photos ; photos de famille, famille dispersée, disparue, dont tu possédais les traces, qu'il te faut abandonner également à l'oubli, ou pire, à la destruction, photos que tu n'avais pas eu la force, ni le temps, de classer.

Et que dire de tes disques ? Tes 45 tours, tes 33 tours, tes 78 tours, ceux que tu avais sélectionnés et gardés des décennies durant, sans jamais les réécouter. Vieux disques yiddish, flamenco, rebetiko, Montand, Brel, Brassens, Mouloudji, Piaf, et les chants de la révolution mexicaine *Carabina treinta treinta*, et ceux de la guerre d'Espagne, et ceux de Kurt Weil-Brecht, tous ces disques restent et toi tu pars. Tous ces disques, tous ces disques abandonnés au milieu de mes livres non rangés, ces milliers de livres traînant partout dans l'appartement, au point que tu ne pouvais plus les voir, disais-tu, ceux que nous avions lus toi et moi, et même Olga, et tous ceux, innombrables, que nous ne lirons jamais, ni toi ni moi ni Olga.

Demain au matin l'ambulance t'arrachera à tout cela, tout ce qui a fait ta vie, pour te conduire dans un lieu où l'on dépose avec précaution ceux et celles pour qui on ne peut plus rien faire, afin de faire d'urgence ce qu'il est urgent de faire à ceux et celles pour qui on ne peut plus rien. Je savais que tu le savais, mon cœur se déchirait de le savoir, et je savais que ton cœur se déchirait de savoir que je le savais, et que je ne pouvais, en conséquence, ni te prendre dans les bras sans sangloter, ni te parler tout bas sans hurler. Le silence régna donc. Nous feignions tous deux de croire que la seule chose importante, en cette nuit dernière, était de dormir, bien dormir, afin d'être en forme pour sauter dans l'ambulance du matin. J'ai bien tenté de te chuchoter : « Tu reviendras, l'ambulance, la maudite ambulance, saura dans quelques jours te ramener à moi, ici, chez toi. » Alors tu haussas légèrement une épaule comme pour me dire d'une voix douce : Te fatigue pas… et je me suis tu. Et je me suis tu toute la nuit, guettant ta respiration, cherchant à savoir si tu dormais enfin. Tu dormais en effet, d'un sommeil de morphine. Oui, combien je regrette cette nuit de silence, cette nuit gâchée. Nous avions encore tant et tant de choses à nous dire. Je regrette cette nuit passée à nous faire croire qu'il nous fallait dormir. Et quoi encore ? Rêver peut-être ?

Au matin, Olga était là. Elle aussi feignant de n'avoir rien de spécial à dire. « Tu as bien dormi, maman ? » Tu as juste levé le menton comme pour répondre : Pas trop mal, chérie, merci. Et moi m'agitant, affairé, affolé. C'est Olga qui avait commandé et organisé le transport. Et si, et si l'ambulance allait ne pas venir ? Je m'inquiète soudain, comme si je voulais être sûr que tu allais bien partir, comme si je craignais que tu ne partes pas. Et puis les ambulanciers t'ont installée dans une sorte de chaise à porteurs, tu ne tenais plus debout. C'est fou comme ces quatre jours passés au lit à la maison t'avaient épuisée physiquement sans altérer ton état cérébral. Tu comprenais tout, tu suivais tout. Moi je n'ai pas pu, ou pas voulu, te regarder traversant ton salon pour ta toute dernière fois. As-tu tourné les yeux et tout regardé ? Le Chagall au mur, les photos de ton père et ta mère sur la commode. As-tu interrogé les couleurs du ciel, les tours de Saint-Sulpice ? Je n'ai pas non plus osé te regarder regardant ta cuisine au passage, et puis j'ai fermé la porte, que tu franchissais pour la dernière fois. Tu le savais, je le savais, Olga le savait. Et tu n'as pas pleuré, et je n'ai pas pleuré, et Olga non plus n'a pas pleuré. Pourquoi ? Pourquoi ne pas sangloter ? Hurler ? Protester ? Regardez-la, regardez-la ! Elle est forte, elle ne fait pas son âge ! Elle peut vivre et vivre encore ! Non non, tu savais, nous savions tous trois que la tumeur sur ton foie avait doublé de volume en quelques jours, tu savais, on t'avait dit, le toubib te l'avait dit à demi-mot et même à mots entiers : « La chimio peut, madame monsieur, peut, dans bien des cas, faire plus de mal que de bien… »

Ils te portent dans l'escalier. Ils t'arrachent à la vie en te portant en triomphe. Et moi, il me faut grimper dans l'ambulance à l'aide d'un petit banc. Je ne lève plus les jambes assez haut. Je tire sur mes bras tandis que l'un des ambulanciers, obligeant, me pousse au cul. J'arrache un sourire à Olga et même un regard plein d'amour et de commisération de ta part. Il était dans nos plans que je parte le premier et qu'ensuite, toi, tu aies tout le temps de ranger chez nous avant ton propre départ. Ce n'est pas juste ! Toi tu as gardé ta jeunesse intacte, et moi je suis déjà un vieux croûton.

Ton regard malgré toi dit aussi que ça n'est pas juste : Je pars passer le Styx et c'est toi qu'on doit pousser au cul pour grimper dans cette ambulance ?

Une ambulance années 60, nos années, les années de ton règne absolu.

Oui, comme je regrette cette nuit de silence, cette nuit gâchée. Comme j'aurais aimé croire, ce matin-là, à un responsable suprême sur qui j'aurais pu gueuler, que j'aurais pu insulter, maudire, et maudire toute la nuit. Mais seul le silence sied aux incroyants. Ils connaissent la loi, c'est la faute à « pas de chance », la faute à « pas de chance ». De la chance, tout compte fait, nous en avons eu, toi et moi. Souviens-toi, chérie, souviens-toi, soixante ans de chance, que dis-je soixante, quatre-vingts. Les flics tapant à ta porte, ta mère ouvrant, tu es là avec Rosette et Paul, ta mère dit que son mari, le père de ses trois enfants, est prisonnier de guerre. « On n'arrête pas les femmes des prisonniers de guerre », décrète l'une des chaussettes à clous. L'autre le regarde, surpris, presque indigné. Ils touchent leur visière et vont taper à d'autres portes. Ta mère dit qu'elle a eu de la chance. Toi, chérie, tu étais persuadée que c'est parce qu'elle était très belle, qu'elle a dû taper dans l'œil d'un des flics, et voilà la chance qui passe. Chez moi, deux flics aussi. Ils viennent chercher mon père, mais comme il n'est pas là, ils décident d'emmener la mère et les deux fils au commissariat, mairie du Xe, là même où nous nous sommes mariés, souviens-toi. Là, mon frère m'a dit qu'il y avait les bus pleins, prêts à partir. Le commissaire, débordé par une journée de travail harassante, jette un œil sur nos papiers, puis dit à ma mère après avoir lu attentivement son livret de famille : « Rentrez chez vous, on n'arrête pas les Français. On n'a pas reçu l'ordre. » Là encore, la chance a gagné sur le « pas de chance ».

Mais soixante-quinze ans après, la faute à « pas de chance » frappe et nous rattrape. La loi, l'arbitraire : pourquoi elle, pourquoi lui, pourquoi lui et pas moi, pourquoi elle et pas moi ? La fortune aux yeux bandés te donne tout d'une main – succès, gloire, argent –, et de l'autre te prend le seul être qui compte pour toi plus que toi-même. Pourquoi ce cancer a-t-il récidivé, passant de tes poumons à ton foie avec une vigueur qui n'eut d'égale que ta propre vigueur, que ta propre vitalité ?

Tu me manques et tu me hantes

Mes mots, mes pauvres mots alignés n'y suffiront pas. Je n'ai jamais su, tu le sais, parler d'amour sans ricaner. Je n'ai jamais su te dire tout à trac : je t'aime, jusqu'aux dernières années de notre vie à deux. Parlez-moi d'amour… Comment écrire l'amour, comment parler d'amour ? De notre amour qui surmonta et prospéra, malgré les accidents de parcours, les brouilles, les bisbilles, les prises de bec, les prises de tête. « Et si c'est comme ça je me taille ! » C'était à qui se lèverait avant l'autre pour gagner la porte palière et la faire claquer le plus fort possible, avant de revenir, une heure ou deux ou même cinq minutes après, la queue basse dans mon cas, la cigarette agressive au bec dans le tien. Sans rien se dire se rasseoir et attendre que l'un ou l'autre ait le courage de faire le premier pas ou le premier sourire, ou la première main posée sur la main de l'autre comme par hasard. Et – doit-on parler de tout ? – la haine – faut-il tout dire quand on parle de soi ? –, la haine, les haines passagères, fugitives, ou celle obsessionnelle qui s'installe et dure. La haine qui provoque cris, larmes, coups. Peut-il y avoir soixante ans d'amour sans haine ?

L'amour qui cependant résista, surmonta, et surmonta même l'usure, la fameuse usure des couples dont nos contemporains nous ont rebattu les oreilles. Ni usure, ni ennui, jamais, jamais au grand jamais, durant ces soixante ans passés collés l'un à l'autre, agrafés pour ainsi dire dans le même pli creux, jamais, jamais on ne s'est ennuyé, ne fût-ce qu'une seconde ; toujours bouleversés d'être ensemble, toujours captivés par l'autre, toujours discutant, se disputant, se réconciliant, échangeant toujours.

Oui oui, il y eut des années dures, très dures. Surtout celles après *L'Atelier*. La dépression que le succès provoqua – j'avais quarante ans, quelque chose en moi me disait que je devais repartir sur de nouvelles bases – mais à peine étais-je loin de toi que je t'appelais, toutes les vingt minutes environ, pour entendre ta voix, installé à demeure dans la cabine téléphonique de l'hôtel Métropole à Bruxelles. Tu me manquais alors comme tu me manques aujourd'hui, et je pleurais ton absence comme je la pleure aujourd'hui.

Je savais que j'étais malade, et tu le savais aussi. Tu as attendu que la maladie s'en aille. Et ceci a duré des années, avec des hauts et des bas, comme dans les dépressions quoi… Tu as attendu la guérison, nous attendions, chacun d'un côté du fleuve noir charriant la boue du passé qu'il me fallait laver peu à peu. L'eau est redevenue claire, j'ai pu te rejoindre sur l'autre rive, là où tu m'attendais. Nous nous sommes retrouvés comme avant, mieux qu'avant, et jamais tu ne m'as reproché cette vie d'enfer que je t'avais fait mener, que le fou en moi t'avait fait vivre. Nous avons triomphé et nous nous sommes retrouvés de l'autre côté du fleuve Amour, après avoir passé les torrents, les barrages et les épaves des embarcations naufragées.

Ensuite, ensuite notre amour n'a pas cessé de grandir, et seul ton départ a ramené en moi le désespoir. Notre amour était de taille à vivre cent ans si les cigarettes – ta plus grande passion – ne nous avaient menés à la souffrance et à la séparation.

Oui, comment parler d'amour, de notre amour, comme tu semblais le souhaiter dans tes reproches de dernière heure. Parler d'amour nécessite peut-être de conter comment le petit tailleur pauvre et moche épousa la princesse aux mille prétendants. Comment Pinocchio conquit enfin le cœur de la fée et pénétra dans le ventre de la baleine pour y chercher son père et le sauver. Et aussi, à la fin des fins, comment la vie, l'amour, toi et le psychanalyste ont transformé le pantin en un vrai petit garçon.

La plus que parfaite

Ça y est, victoire, j'ai vaincu en moi la glu temporelle. Je ne serai plus l'esclave de l'organisation chronologique du temps, qui, entre nous soit dit, ne passe plus guère, ni pour toi, ni pour moi. Ce que j'écris ce jour précédera ou suivra, au gré de notre humeur, l'écrit d'hier ou celui de demain, et même ce que j'ai pu griffonner le jour même, ou le lendemain, de ton cruel départ.

Par contre je n'ai pas réussi à triompher de la grammaire. Je hais la grammaire, tu le sais, je l'ai toujours haïe. Enfant, adolescent, je sentais déjà confusément que c'est au nom de cette grammaire que nous fûmes traqués, raflés, massacrés. La grammaire, la grammaire française, régnait en maître dans les décrets-lois, les convocations comminatoires, ainsi que dans les innombrables livres et brochures consacrés à « la question ». Grammaire encore dans les colonnes de *Je suis partout* ou du *Cri du peuple*, sans rien dire, pour ne froisser personne, de *La Croix* de jadis et consorts, *Libre parole* du matin et du soir. Aucune faute de grammaire n'était tolérée sur le moindre torche-cul imprimé.

Non, je n'ai pas vaincu la grammaire qui me condamne à ne parler de toi qu'au passé, moi qui ne veux parler de toi qu'au présent. Certains de ceux qui se prétendent mes amis et qui ont sans doute pactisé avec la grammaire nationale issue de la Troisième République et de l'État français, me recommandent modestement l'usage de l'imparfait du subjonctif. Et ta sœur ! Jamais ! Jamais vous entendez, jamais ! Jamais je n'accepterai pour toi autre chose que le présent.

À la rigueur, pour toi, j'irai jusqu'à la plus que parfaite.

Quand le passé devient trop présent, il est grand temps d'oublier le futur.

Nécro

Je suis assis dans le salon, l'après-midi. Je parcours des yeux *Le Monde*, si on peut dire, la page nécro. Autant se préparer à l'avenir radieux tant qu'on y voit encore un peu. Toi, tu es bizarrement couchée à plat dos dans la chambre sur le lit. Tu tends ton bras gauche – tu es gauchère – vers moi, ta main gauche offerte, ouverte, posée à plat, comme si tu m'invitais à venir m'allonger près de toi. Un sourire amical, enfantin et sensuel illumine ton visage et je sens qu'il illumine aussi le mien. Mais avant que je puisse faire un geste vers toi, *Le Monde* s'effondre au sol. Patatras. Et c'est l'envie de pleurer qui chasse le bonheur furtif. Envie de pleurer mais je ne pleure pas. Je ne ramasse pas *Le Monde* qui gît au sol. Je saisis *Le Figaro*, je l'ouvre à la page nécro. C'est inouï ce que les morts du jour du *Figaro* diffèrent des morts du jour du *Monde*.

À ce sujet – pas des morts mais des pleurs, de l'envie de pleurer –, une question me turlupine : comment se fait-il que je pleure si peu ? Quasiment jamais, alors que j'en ai constamment envie, qu'au moindre souffle de toi effleurant mon subconscient, les larmes me viennent, sans sortir, alors que je ne fais rien pour les retenir. Pourquoi ne pas pleurer ? Ne pas sangloter à m'en arracher la glotte comme je l'ai fait durant des années pendant ma dépression ? Je pleurais si fort et si longtemps que je finissais par m'admirer de pouvoir ainsi pleurer si fort et si longtemps, sans trop savoir ni sur qui ni sur quoi exactement je pleurais ainsi.

Aujourd'hui, pourquoi ne pas pleurer, alors que j'ai une raison évidente, éclatante, d'éclater en sanglots ? Pourquoi ne pas en profiter ? Ne pas pleurer à torrent ? C'est du malheur gâché ! Inutile, improductif, si je n'en profite pas pour sangloter tout mon saoul, alors que j'ai une raison, une raison de pleurer jour et nuit. Pourquoi ? Pourquoi ?

Peut-être parce que cela ne te plairait pas que je pleure tout le temps, que ce ne serait pas digne de toi. Mieux vaut, tu as raison, que je pleure en dedans, jour et nuit, nuit et jour, sans bruit, sans larmes, comme tu aurais su le faire, toi, si j'étais parti le premier, comme c'était prévu et convenu entre nous.

Au matin du 4 juin, alors que j'étais vautré dans le salon, *Le Monde* d'hier en main, m'efforçant de ne penser à rien et surtout pas à toi, la mouche, la mouche du salon, ma mouche, pardon, notre mouche à tous deux, la dernière des mouches à fréquenter notre salon littéraire s'est posée sur mon avant-bras droit et s'y est promenée entre mes poils défunts. Après l'avoir laissée un moment se balader, d'un geste que j'ai voulu léger, d'une volée du *Monde* d'hier, je l'ai chassée.

Oui, cette mouche posée tendrement sur mon avant-bras droit m'a fait cruellement penser à ta main posée sur mon avant-bras droit dans un geste familier entre amour et amitié. Cette mouche serait-ce une de tes messagères secrètes ? Viendrait-elle de ta part, de ton au-delà d'outre-tombe me dire de ta voix chaude et grave : « Tiens le coup, mon gars, je suis là. »

En partant, avant de partir plutôt, tu t'inquiétais pour ceux et celles que tu laissais derrière toi : Olga, Jeanne, Rosette, Jeannie, Rebecca. Sauf pour moi. « Toi, tu tiendras le coup », m'as-tu dit. Je tiendrai le coup ? Qu'est-ce que je donnerais, oui, pour sentir une seconde ta main gauche se poser, aussi légère qu'une patte de mouche, sur mon avant-bras droit.

Issy-les-Moulineaux

Horreur ! Horreur ! Toute une après-midi sans ressentir la douleur de ton absence ! Horreur ! À peine une petite crispation au niveau du cœur. Peut-être est-ce justement ça, le fameux cœur serré ? Ou seraient-ce les mystérieuses douleurs intercostales ?

Emporté par un Uber du Seuil, accompagné par une charmante stagiaire, habituée semble-t-il à escorter de grands infirmes, voire des écrivains grabataires, je file vers la fête du livre d'Issy-les-Moulineaux. Issy-les-Moulineaux, bien trop court voyage pour toi, je sais.

Une fois arrivé, après l'attente d'usage, les compliments, les félicitations :

« J'ai beaucoup aimé votre dernier ouvrage !

– Merci c'est gentil.

– Je vous suis depuis *Un secret.*

– Ah, c'est très gentil, mais *Un secret*, ce n'est pas moi.

– Pas vous ?

– Non, pas moi.

– Vous êtes sûr ?

– Oui.

– Vous êtes bien Grimbert ?

– Je suis bien Grumberg mais pas Grimbert. *Un secret*, c'est un autre Grimbert.

– Un autre Grimbert !

– Oui, moi, c'est *La Marchandise*.

– En tout cas, moi, j'ai beaucoup aimé votre *Secret*, beaucoup, continuez, continuez !

– Merci, merci. »

Félicitations donc, d'usage, puis dédicaces, et enfin colloque que je partage avec deux colocuteurs également volubiles. C'est mon tour. Je parle, je parle, je parle, pour ne pas avoir à écouter les autres. Et, dans ce flot de paroles, je tente de glisser quelques toutes petites choses, quelques petits faits que nous avons vécus et partagés ensemble, histoire de te ramener à mes côtés. Peine perdue, tu n'es pas là, tu ne veux pas venir à Issy-les-Moulineaux. Je te comprends. Je suis donc seul, seul à pérorer, je suis sans toi. Je parle, et comme tu ne m'entends pas, c'est comme si je ne parlais pas. Mais je n'en souffre pas, à peine cette petite morsure près du cœur.

Pourtant, à l'aller comme au retour, Uber a dû traverser le XVe, frôler l'hôpital final. Ce n'est que lorsque le chauffeur m'ouvre la portière et que je m'extirpe enfin de la voiture que je retrouve mon trouble familier. Je dois m'y reprendre à trois fois avant de taper le bon code, comme si dans ma tête puis dans ma poitrine, et jusqu'au bout de mes doigts, le vide, le vide de ton absence me remplissait de nouveau. Et l'après-midi passé sans toi, sans la douleur de ton absence, m'effraie. Serait-ce l'oubli ? L'oubli déjà ? Ou pire, est-ce que, sans oublier, je suis déjà en train de m'habituer ?

La honte, l'effroi de ne plus souffrir assez me saisit. Une fois rentré à la maison, je retrouve tout mon malaise avec une sorte de réconfort. Oui, je te retrouve enfin. Je ressens de nouveau ton intolérable absence, dans tout mon corps, dans le tréfonds de mon âme comme on dit dans les poèmes. Nous sommes de nouveau ensemble, unis par-delà la vie, l'un contre l'autre, côte à côte. Je ressens soudain comme un spasme, l'intolérable cruauté de la séparation, le scandale de ton départ. Les larmes que je refoule me réconfortent et me rassurent. L'oubli n'est pas pour demain.

Je suis de retour chez nous. Je pose ma main sur le bras du fauteuil, et c'est ta main à toi que je saisis, que je porte à mes lèvres. Je sens la chaleur de ta paume, la pression de tes doigts. Nous restons ainsi main dans la main, un bref instant semble-t-il, heureux de se retrouver, heureux de ressentir de nouveau le manque intolérable. Je lâche enfin ta main absente et c'est alors que l'horrible vérité me frappe : je ne te, on ne se, reverra plus, plus jamais. Plus jamais ta main ne cherchera ma main, plus jamais nos doigts ne s'enlaceront, plus jamais je ne te serrerai dans mes bras, plus jamais mes lèvres sur tes lèvres, sur ton front, plus jamais mes mains sur tes seins, plus jamais leurs pointes vivantes ne fleuriront sous mes doigts et ma langue, plus jamais, plus jamais.

Mais pourquoi ? Qu'est-ce que c'est que cette histoire ? Qu'est-ce que c'est que cette loi qui fait qu'on ne pourra plus se voir jamais ? Plus jamais sa fleur ne s'épanouira sous mes doigts ? Plus jamais mon zizi dans sa zézette ?

« C'est la vie, mon kiki.

– La vie ?

– Oui, c'est la vie. Et c'est ce qu'on appelle la mort.

– La mort ?

– La mort, oui.

– Mais moi je vis !

– Disons que tu es en sursis.

– Et comment vivre en sursis sans elle ?

– Il te suffit de penser aux cinquante-cinq ans passés, nuit après nuit, jour après jour. Quelle chance vous avez eue, penses-y !

– J'y pense, j'y pense, mais…

– Mais quoi ?

– Ça ne me console pas, au contraire, au contraire…

– Tu aurais préféré être malheureux ? Mal vivre pendant cinquante-cinq ans ?

– Ce que je préférerais aujourd'hui, c'est la revoir, juste la revoir, ne fût-ce qu'un instant.

– Pour quoi faire ?

– Pour lui dire tout ce que je n'ai pas pu ou su lui dire pendant ces années.

– Soit, je vais transmettre ta requête aux autorités supérieures.

– Qui sont les autorités supérieures ?

– Chuttt ! Dors !

– Si je dors, elle viendra ?

– Si tu dors, oui, peut-être.

– Peut-être ?

– Et si elle ne vient pas, tu lui écriras.

– C'est ça, je lui écrirai ! Prends-moi pour un con !

– Bonne nuit, vieux croûton !

– Vieux croûton ? !

– Te fâche pas, c'est amical, dans ma famille on adore les vieux croûtons.

– Qui es-tu ? Pourquoi je ne te vois pas ?

– Je suis la souris grise qui sourit quand on la bise.

– Tu vis où ?

– Chez moi.

– Chez toi ? Et c'est où chez toi ?

– Ici.

– Ici ?

– Nous causons dans MA cuisine, je te ferai dire, vieux croûton.

– Ta cuisine ? Alors c'est toi, saloperie de souris, qui la faisais hurler de terreur chaque matin quand elle mettait le pied dans sa cuisine !

– Non non, moi je suis la souris grise du soir, le matin c'est une autre souris, un cousin, une cousine, ça dépend comment s'est passée la nuit.

– Je ne comprends pas un mot de ce que tu dis.

– Chaque nuit tu viens chialer dans la cuisine sous prétexte que ta souris chérie, des jours et des nuits, est partie. Bon, alors ? Pense un peu à nous, pense au peuple souris, pense à comme on nous traque, pense à comme on nous piège, comme on nous élimine. Vous avez même inventé, ô cruels humains, un système d'autocollant qui fait que si on met un pied, ou même qu'on pose son museau sur votre saloperie de tapis, on se retrouve collé par sa patte ou par son tarin jusqu'à ce que mort s'ensuive. Et ta souris – tu m'entends ! – était pour ce genre de choses.

– Non non non ! Elle a refusé le machin collant.

– Mais elle a accepté les pièges qui claquent, les fromages empoisonnés !

– De toute façon, vous vous reproduisez plus vite que les lapines, alors…

– Et c'est une raison ? Sache homme obtus que nous avons 98 % de gènes communs, vous et nous.

– Ouais ouais, j'ai entendu ce bobard à la radio.

– Quand on nous piège, ne souffrons-nous pas ? Quand on nous blesse, ne saignons-nous pas ? Quand on nous tue, ne mourons-nous pas ? Et tout ça pour quoi ? Pour un misérable bout de fromage. »

Sur ce, la souris se tut et rentra dans son trou.

Tu vois, chérie, sans toi je passe des nuits épouvantables. Je parle même avec des saloperies de souris. Une chose consolante : la copropriété enfin unie est venue à bout du problème « souris ». Tu peux revenir sans crainte, de jour comme de nuit, tu n'en croiseras plus une dans la maison, ni dans ta cuisine, ni au salon, ni même dans tes placards ou sous ton évier.

La honte

À certains moments, sans que rien m'y prépare, seul ou en compagnie, la honte, la honte s'abat sur moi et m'accable, chassant la douleur et le chagrin. La honte de qui ? La honte de quoi ? La honte de vivre encore alors que tu ne vis plus ? La honte du lâche qui accepte d'être au monde sans toi ? La honte de l'impuissant qui n'a rien pu faire pour toi ? La honte de celui qui, n'ayant rien pu faire, tente avec ses écrits dérisoires de te maintenir vivante sur le papier griffonné ? La honte de continuer à se coucher seul dans le lit commun et de s'y endormir malgré tout, avant de se relever au matin, de se raser, puis de passer une ou deux heures aux chiottes, tout ça sans même nourrir l'espoir fallacieux de te revoir un jour ? La honte, quoi.

Après avoir grâce à toi appris à vivre dans une espèce de bonheur, désormais dois-je sans toi apprendre à vivre solitaire dans cette espèce de honte ?

En fait, je ne sais plus comment faire, et comme hélas tu n'es plus là pour me dire comment faire, je ne saurai plus jamais comment faire.

Je te veux à mes côtés, près de moi, en moi-même, toujours, où que je sois, où que j'aille, quoi que je fasse, et plus j'exige ta présence, plus j'ai conscience de ton absence, plus j'en souffre.

Pire, si, absorbé par une tâche ménagère – si si si, ménagère ! –, ou une lecture, une conversation, un spectacle, voire la télé, ou mieux encore, comme cela m'est arrivé il y a peu, lors d'une prise de parole publique, si, donc, j'oublie un instant de réclamer ta présence pendant un temps si bref soit-il, si je t'oublie Jacqueline, le retour de bâton s'avère terrible. Comme un traître à sa patrie après sa forfaiture mesure dans les tréfonds de ses tripes et de son âme l'abomination de sa conduite, la douleur aussitôt s'installe. Ton absence conjuguée à la noirceur de ma faute me rappelle à mon devoir : toujours réclamer ta présence afin de souffrir sans cesse de ton absence, sans cesse.

D'ordinaire, dans les débats, les interviews, et même les discussions amicales, je m'arrange pour t'introduire et te mêler à mon discours, en racontant un voyage, un débat proche ou lointain, où tu m'accompagnais, où tu es intervenue. Je m'arrange ainsi pour te ramener près de moi, au centre de la discussion, afin de te présenter à ceux qui n'ont pas eu la chance de te connaître. Mais il m'arrive d'avoir – comprends-le – à répondre à des questions directes et précises sans pouvoir te mêler à ces réponses – qui se doivent d'être directes et précises.

Une fois, il y a de cela vingt-cinq trente ans, j'avais répondu en direct à la radio, sur Europe 1 je crois, à quelques questions calamiteuses, ineptes, obscènes même, d'une bêtise agressive. En rentrant à la maison tu me signifies que tu avais eu honte de moi, que tu avais ressenti une telle honte de m'avoir entendu répondre calmement à de telles bêtises qu'en conséquence tu allais me quitter sur-le-champ. Tu avais déjà enfilé ton manteau et fait ta valise, mais comme il était deux heures du matin, je t'ai fait valoir que le lendemain, si tu devais me quitter, serait toujours bien assez tôt, et pendant que tu ôtais ton manteau, je t'ai demandé ce qu'il aurait fallu que je fasse.

« Il posait des questions tout à fait ineptes, je suis d'accord, obscènes même, je suis d'accord, que voulais-tu que je fasse ?

– L'envoyer chier ! Lui casser la gueule ! »

Voilà, c'est ça qui me manque, tu vois, chérie, ton avis, juste ton avis.

Depuis que tu es partie, je suis comme un enfant envoyé en colo pour le reste de sa vie, avec des moniteurs incompétents, condamné à vivre ainsi, en vacances, sans fin, comme un enfant abandonné parmi d'autres enfants abandonnés.

Et puis et puis, je dois te l'avouer, je n'avais jamais imaginé, vu nos âges et les circonstances, à quel point tu allais me manquer charnellement. Au cours de mon bref épisode prostatique, qui précéda modestement ton poumon, par l'effet associé des rayons et des hormones administrés sous-cutanément, mon petit oiseau déjà bien rétréci a cessé de s'élever dans les airs, et donc devint incapable de se glisser, fût-ce une seconde, dans ton petit nid chéri.

Le toubib consulté me confirma :

« Prostate raplaplate, libido à zéro.

– Est-ce que ça peut revenir, docteur ?

– Vu votre âge et les circonstances, mieux vaudrait ne plus y penser.

– Et comment ne plus y penser, docteur ?

– En oubliant.

– En oubliant ?

– Oui, il faut oublier. »

J'ai donc tenté d'oublier. Le fameux devoir d'oubli.

Et puis et puis, grâce à toi qui n'as pas voulu oublier, grâce à notre expertise et notre passion commune pour les étreintes de porte cochère, nous sommes peu à peu revenus, à près de quatre-vingts ans, à nos ébats des débuts ; ébats pas vraiment platoniques, mais disons, non pénétrants. Le petit oiseau sans ailes ne pouvant plus voler, nous nous hissions quand même tous deux, mano a mano, pas trop loin du septième ciel.

Une dernière cigarette

Il me revient en tête une discussion, toi fumant moi toussant, d'il y a vingt, trente ou quarante ans, qu'importe – passé un certain âge le temps n'existe plus, une décennie s'écoule comme on se verse un bol de larmes.

Je venais de finir ma dépression et j'avais déjà perdu mon œil droit, le gauche était menacé. Nous parlions donc d'avenir – sombre, forcément sombre. À la fin de la conversation, souviens-toi, je t'ai suppliée une nouvelle fois d'arrêter de fumer. Fumer fut la grande affaire de ta vie. Commençant à quinze ans, tu fumas sans discontinuer jusqu'à quatre-vingts. Soixante-cinq ans de cigarettes à raison de deux paquets par jour en moyenne. Tu travaillais, tu partais en vacances, tu t'occupais de moi, d'Olga, des enfants des autres, tu habillais toute la famille, tu faisais bouillir la marmite, tu faisais deux collections complètes, une par saison, plus deux autres à l'intersaison, tu courais les fournisseurs, tu t'occupais des clients, tu m'accompagnais au théâtre, quand je jouais tu étais dans la salle tous les soirs, tu faisais tout, tout, tout ça en fumant cigarette sur cigarette. Mais là, là j'avais peur, je t'ai donc suppliée d'arrêter de fumer afin de vivre plus longtemps, pour toi d'abord, pour moi égoïstement ensuite, et pour tous les autres, tous ceux qui te connaissaient et donc t'aimaient.

Je savais que cela ne servait à rien de te demander d'arrêter, tu aimais fumer plus que tout, plus que moi sans doute. Peut-être aussi n'aimais-tu plus fumer, mais, me disais-tu, j'en ai besoin. Pour quoi faire ? Pour vivre. Tu ne pouvais pas t'en passer. En conclusion, sachant que j'avais perdu la partie, sans pourtant oser te poser la question de confiance, la question qui tue – si tu ne cesses pas de fumer, je pars, choisis, en d'autres termes, les cigarettes ou moi, non non, j'avais trop peur que tu choisisses les cigarettes –, je t'ai dit, t'en souviens-tu : « Fume tant que tu voudras, mais quand tu auras chopé un cancer, ou plutôt quand le cancer du poumon t'aura chopée, sache que je te laisserai crever à l'hosto », et c'est exactement ce qui s'est passé, je t'ai laissée crever, seule, à l'hosto.

Soyons juste, une fois au cours de ces soixante-cinq ans de fumerie, tu as essayé d'arrêter pendant trois semaines. Tu pleurais jour et nuit. Je te disais de te faire aider, tu me disais que justement tu te faisais aider et que c'est ça qui te faisait pleurer.

Tu t'étais inscrite, avec Rosette, dans une association de fumeurs repentants désireux d'arrêter de fumer. Il y avait des réunions, des discussions, chacun devait raconter les efforts qu'il faisait pour arrêter, pour ne pas reprendre. Rosette, elle, ne pleurait pas. Jacqueline pleurait sans cesse. Plus tard, bien plus tard, après avoir repris tes deux paquets par jour et ton équilibre, et après donc avoir cessé de pleurer, tu appris que Rosette ne pleurait pas car elle ne s'était pas arrêtée, ne fût-ce qu'un seul jour ! Elle avait continué de fumer pendant les trois semaines qu'avait duré la cure. Et pendant ces trois semaines-là, toi tu pleurais, elle pas. Rosette cependant eut la chance peu après de choper un infarctus du myocarde, ce qui l'obligea, ou la décida, à cesser de fumer définitivement.

Toi aussi, tu as fini par arrêter, la veille de ton opération du poumon, en juillet 2018. Le 15 juillet, jour de la victoire de la France à la Coupe du monde, nous sommes rentrés en catastrophe, l'opération devait avoir lieu le plus tôt possible, c'était la décision de l'hôpital. Partis en toute hâte du Moulleau, nous débarquons donc gare Montparnasse en pleine folie, et là nous avons la surprise de ne trouver ni bus ni taxis, si bien que nous sommes rentrés à pied à travers une foule qui venait de gagner on ne sait trop quoi et qui hurlait pour le faire savoir : « On a gagné ! On a gagné ! » Le lendemain tu entrais à l'hôpital Montsouris, et avant de nous quitter, le soir, la veille de l'opération, tu as écrasé une cigarette sous ton pied dans le jardin de l'hôpital et tu m'as tendu ton paquet entamé en me disant avec un peu de solennité dans la voix : « C'était la dernière. » J'ai pris le paquet, que j'ai gardé et rangé dans un tiroir de la commode dans notre chambre, il y est encore. « C'était la dernière… »

Et sais-tu, sais-tu, je regrette aujourd'hui, je regrette de pas t'avoir proposé une cigarette lorsque j'ai su, lorsque nous avons su qu'il n'y avait plus rien à faire. La saloperie au poumon ayant colonisé le foie, et cette infecte saloperie étant en train de te tuer en grandissant plus vite sur le foie qu'elle n'avait grandi dans le poumon. Oui, j'aurais dû t'en proposer une, la dernière, la vraie dernière, puisque tu avais aimé fumer au point d'accepter d'en mourir.

Maintenant, je vais te faire rire

Figure-toi que je suis assis à la terrasse du tabac du Moulleau près du marchand d'huîtres, face à la maison de la folle que nous avions louée il y a de cela quelques années, à cinquante mètres de la plage. Le tabac a brûlé, ils ont fait des travaux, ils ont installé la terrasse – trois tables, quelques chaises – dans cette allée menant à la plage. Je griffonne face à mon déca, c'est là que tu venais prendre tes décas journaliers. C'est moi maintenant qui ai pris ta place. Je ne buvais plus de décas mais je m'y suis remis pour que tu continues à en boire, je te remplace en somme.

Là, je griffonne donc ce qui précède sur un petit carnet acheté au tabac, lorsqu'une voix me dit : « Vous avez une jolie écriture. » Je lève mon nez du papier et braque mon œil et je découvre un jeune couple qui me regarde écrire posément. Le jeune homme, comme pour prouver qu'il n'est pas complètement idiot, me demande ensuite, toujours très courtoisement : « Vous arrivez à vous relire ? » Je lui dis que ça dépend. Il pose alors le doigt au hasard sur la page, sur un mot, enfin sur un hiéroglyphe, et me demande : « Ça dit quoi, ça ? » Je braque mon œil sur le mot, la ligne, la phrase et je ne sais plus de quoi il s'agit. Je lui dis que je dois, avant de lui lire ce mot, lire la page en entier pour le replacer dans le contexte et ainsi réussir à lire ce que je viens d'écrire. Je fais toute la manœuvre et je dis :

« Plus que moi.

– Plus que vous ?

– Oui, plus que moi.

– Pourquoi écrivez-vous ça ? »

Ne sachant pas quoi répondre, je décide donc de dire la vérité, c'est ce qui coûte encore le moins cher.

« J'ai perdu ma femme il y a peu et je lui écris.

– Vous lui écrivez, dites-vous ?

– Voilà. »

Un autre jeune homme alors se manifeste. Lui aussi en caleçon de bain avec casquette et serviette. En fait deux couples revenant de trempette me contemplent.

« Mieux vaudrait prier, déclare le nouveau jeune homme.

– Sans doute, lui dis-je, mais pour prier il faut croire.

– Vous croyez en Dieu, affirme le premier.

– Hélas non.

– Seul le Seigneur peut vous aider », poursuit le second.

Tandis que les deux jeunes femmes et le premier hochent la tête avec enthousiasme.

Seul le Seigneur peut m'aider ? Je lui fais remarquer que le Seigneur semble avoir beaucoup de boulot ces temps-ci et être un peu débordé ; je ne tiens pas à l'ennuyer avec mes problèmes personnels.

Le premier alors déclare :

« Réveillez-vous la nuit et parlez-Lui, Il vous aidera. »

J'approuve et je dis, dans ce que j'espère être un sourire :

« Je parlerai de votre part au Seigneur, merci du conseil. »

Le second reprend :

« Il n'y a que Lui qui peut vous aider. »

Voilà une anecdote que tu pourras raconter au Seigneur s'il existe, sinon inutile de la lui raconter, ça ne le fera pas rire, c'est un Seigneur, m'a-t-on dit, qui manque d'humour.

Au Moulleau comme ailleurs, plus qu'ailleurs, tu es avec moi. Et moi je suis sans toi. Je fais tout ce que tu faisais. Je bois tes décas, je marche sur la plage sans me baigner, je mets des heures avant d'entrer dans l'eau, comme tu le faisais, et j'attends, j'attends que tu arrives, que tu te colles à moi toute mouillée, et qu'ensuite nous marchions tous deux, nous tenant par la taille, les pieds dans l'eau.

Je m'extasie sur la beauté des lieux, comme tu le faisais, chaque fois, chaque année, et comme je ne le faisais pas. Je suis toi. Je suis devenu ta doublure, triste et heureux, mortellement triste et mortellement heureux d'être là avec toi, sans toi, encore une fois.

Je marche avec difficulté – ma hanche, mes genoux, mes pieds, que sais-je ? –, je n'ose plus me baigner, je me demande ce que je fous là. Je pense à toi partout où je suis pourtant, tu es là avec moi, et je me sens malgré tout de plus en plus seul. Si tu ne dors pas cette nuit, parle au Seigneur de ma part et de la part des deux jeunes couples, parle-lui de moi, et moi, si je ne dors pas, promis, je lui parlerai de toi. Je sais, je sais qu'il n'existe pas, mais on ne sait jamais. Si l'un de nous peut le joindre et obtenir une permission de visite, qui sait ? Même les condamnés dans le couloir de la mort ont droit encore à des visites de leur conjoint ou de leur conjointe. J'aimerais tellement te serrer dans mes bras une petite dernière fois, sentir ta peau mouillée, poser mes lèvres sur ton cou et en lécher le sel.

En relisant ce chapitre, une idée, affreuse, affreuse et stupide, m'effleure soudain. Si le Seigneur existe, comme ils le disent, et si je puis lui parler, lui parler de toi, chérie – de quoi d'autre pourrais-je d'ailleurs lui parler ? –, et si toi-même tu peux lui parler de moi comme je lui parle de toi, tu peux, nous pouvons lui demander une faveur, qui serait de mon côté de te revoir, ici, au Moulleau, où tu aimais être, et de ton côté la permission de venir me voir au Moulleau ou ailleurs…

Attends ! Attends ! Laisse-moi finir ! Bien sûr, le soleil ne m'a pas tapé sur le citron au point de croire que tu pourrais venir physiquement me rejoindre ici, mais, si leur Seigneur existe réellement, s'il peut tout, comme on le dit, peut-être peut-il t'aider à pratiquer la métempsychose. Peut-être, telle que je te connais, t'es-tu déjà renseignée et as-tu pris langue avec le Seigneur et obtenu la permission de venir me voir sous une forme ou sous une autre. Peut-être t'es-tu transformée en mouche ? Non ? C'est ça ? En mouche ? C'est bien ça ? Tu es venue chez nous poser délicatement, comme seule tu savais le faire, poser dis-je tes pattes de mouche sur mon avant-bras droit. Et moi, par ignorance, par conformisme, moi je t'ai chassée d'un coup du *Monde* de la veille. Honte, honte, honte et malédiction !

Pourtant, un instant, j'ai bien cru que cette mouche solitaire était l'une de tes messagères secrètes. Je ne pouvais me douter – qui l'aurait pu ? –, je ne pouvais me douter que c'était toi, toi-même en personne qui avais fait le voyage avec l'aide du Seigneur. Cependant je sais que tu n'as jamais cru, pas plus en lui qu'en autre chose, et c'est justement ça qui fait que le Seigneur t'aide, il aide ceux qui ne croient pas en lui, il se décarcasse pour leur venir en aide. On appelle ça « la com ». Merci, Seigneur ! Quoi qu'il en soit, ce fut par erreur que je t'ai chassée d'un revers de *Monde*. Dis-le-lui, répète-le-lui. Les hommes, sur terre, chassent les mouches. Ils ne savent même pas pourquoi. C'est humain, c'est tout. Explique ça au Seigneur, qu'il oublie cet incident. Explique au

Seigneur que je t'ai chassée par bêtise, par conformisme, et pas par méchanceté.

Salue-le bien bas de ma part, sans en faire trop cependant. N'oublie pas que tu n'y crois pas, et que je n'y crois pas plus, mais, hélas, nous sommes tous deux, l'un et autre, dans une telle situation que nous ne pouvons nous permettre de nous mettre en plus le Seigneur à dos. En tout cas, reviens, reviens, à Paris, ici, à Cabourg, n'importe où, n'importe quand, grâce à n'importe qui, je ne te chasserai plus, je ne chasserai plus la moindre bête, la moindre bestiole. Reviens, reviens, même pour me dire que tu me hais de ne pas t'avoir accompagnée, un sac en plastique vissé sur la tête aurait suffi, je sais, je sais, ta gentillesse te fait dire que les sacs en plastique sont devenus si rares, qu'importe, je t'ai laissée partir seule et c'est moi qui suis seul désormais à jamais.

Paris-Hiroshima

À Paris.

Entre Arcachon et Cabourg, fin juillet début août, je m'octroie quatre jours de congé de vacances, chez nous, à Paris.

Tard le soir j'ouvre la télé et je tombe sur un documentaire, comme on disait jadis, sur Hiroshima et Nagasaki. Je reste devant, happé, hypnotisé par les images de ces deux villes disparues en deux clins d'œil. Durant l'interview d'un vieillard – de mon âge, orphelin survivant d'Hiroshima – surgit une photo couleur : sa mère, éblouissante de grâce, de beauté, dotée d'un sourire, d'un éclat, débordante de sensualité, de force et d'appétit de vivre.

Aussitôt je te vois, je te vois, oui oui, je te vois, toi, à travers l'image de cette jeune maman d'Hiroshima d'il y a soixante-quatorze ans ou plus, qui a resurgi pour redisparaître instantanément. J'attends. J'espère son retour. Son fils, le petit garçon devenu vieillard chenu, poursuit son récit, gorge serrée, refoulant des sanglots. Sa maman reparaît un instant très bref. Elle est là, elle semble lui sourire, surprise de le découvrir si vieux, si triste. De nouveau je suis frappé par l'évidence. Vous vous ressemblez ! Vous vous ressemblez ! La même beauté sans apprêt, offerte aux regards de tous et de toutes pour le seul plaisir des yeux et le réchauffement des cœurs.

Tu me disais souvent que lorsque tu croisais un homme qui par extraordinaire ne te regardait pas en souriant, tu le trouvais bizarre, voire anormal, dépressif en tout cas. Et tu me disais également qu'entre Belles, vous croisant, vous échangiez des regards et des sourires. Les Belles, selon toi, aiment admirer les Belles. Tu ne regardais jamais les hommes pour leur beauté – ce qui, réflexion faite, m'arrangeait –, mais tu regardais les femmes belles et tu me signalais les plus belles, à moi qui n'y voyais goutte et qui ne connaissais en fait de beauté que ta beauté à toi.

Les Belles se sourient entre elles, disais-tu. Les jeunes Belles sourient aux vieilles Belles, et les vieilles Belles sourient et apprécient les jeunes Belles qui passent et les dépassent.

À coup sûr vous vous seriez souri en vous croisant toutes les deux, quelque part, entre Hiroshima et Paris, 1945 et 2019. Oui, la même façon de vous offrir à la vue et à la vie, le même bonheur d'être au monde, la même joie, le même calme, le même plaisir d'être vue. Ce ne sont pas les traits qui font la ressemblance, l'une est résolument japonaise, l'autre – toi, chérie – bien française de la Varsovie yiddish.

Ce sont vos beautés, beautés de l'âme qui se dégagent de vos sourires, qui vous ont réunies ce soir dans mon regard, par le truchement de la télé et de ma mémoire vacillante. L'humanité sans frontières, la beauté sans drapeaux. Oui, mais hélas, le malheur aussi est universel, universel…

Seul le sourire des femmes aimées, d'un bout à l'autre de la planète Terre, sublime le tout. L'une a disparu dans la fleur de son âge, réduite en cendres sous les yeux de son fils en ce début d'août 1945 ; l'autre – toi, chérie – après avoir échappé à la noirceur mortelle de ces années 40, tu as fini par succomber le 4 mai 2019, le 4 mai, jour anniversaire de la naissance d'Olga, notre fille unique. Le 4 mai, comme si le grand rien qui régit tout voulait refermer la boucle de la vie donnée avant d'inscrire sur ta fiche le mot fin.

Toutes deux, la Japonaise et la juive parisienne, vous illuminiez le monde, mon monde, notre monde. Il appartient désormais à Olga et à Jeanne de l'illuminer de leur sourire et de leur désir de vivre.

Le vieux petit orphelin japonais miraculé de l'enfer témoigne toujours, soixante-quatorze ans après, les larmes aux yeux. Il se souvient de sa maman avec une douleur et une émotion intactes.

Quelle chance cependant, pour l'orphelin, dans son malheur, d'avoir pu conserver intacte cette photo couleur. Grâce soit rendue à tous ceux qui ont permis de conserver ainsi les sourires de nos femmes aimées disparues, mère, sœur, fille, épouse, maîtresse… Je ferme les yeux et j'attends que l'image fugitive de la Japonaise se superpose à ton image, celle du moins que je tente de garder vivante en moi.

Vos deux histoires aussi se superposent et se mêlent. La femme d'Hiroshima dont la beauté s'est dissoute en un lugubre mois d'août, et toi, Jacqueline, emportée en quelques jours, en pleine santé apparente, me laissant seul, aussi seul que l'orphelin japonais qui se mouche maintenant et s'excuse d'un geste de pleurer ainsi près d'un siècle après les faits.

Oui, tu me laisses aussi triste, aussi irrémédiablement triste que lui, face au chaos du monde et aux douleurs de la vieillesse naissante. Les catastrophes du siècle passé me sont, nous sont, de plus en plus présentes à l'esprit et au cœur. Hiroshima, Nagasaki rejoignent dans nos mémoires meurtries Auschwitz, Majdanek, Treblinka, afin sans doute de nous rappeler ce que le génie humain est capable de concevoir pour détruire dans un minimum de temps un maximum d'humains. Ayons confiance dans nos génies du XXIe siècle pour faire mieux encore, le progrès est en marche, où s'arrêtera-t-il ?

Cabourg le 15 août

À Cabourg, au petit matin, entre rêve et réveil, je te serre dans mes bras. Tu me tournes le dos. Mes mains sont sur tes seins, et mes lèvres au creux de ton épaule, à la base de ton cou. Tu t'es plainte une nuit que je ne t'embrasse pas assez dans le cou. J'aspire très fort comme si je voulais t'absorber tout entière sans reprendre mon souffle, jamais. Tu gémis, avec de courts mouvements de refus comme si tu voulais que j'arrête, tout en te pressant contre moi.

J'aspire ta saveur, je reconnais ton odeur, faite de tabac blond et d'onctuosité secrète. Je mordille ton cou, ta chair tendre, je te mords comme si ma bouche ne voulait pas cesser de te dévorer, comme si je voulais te manger nue et crue.

Et puis hélas, j'ouvre l'œil, tout en tentant de garder dans ma bouche la suavité et la fraîcheur de la chair de ton cou, et je sens alors sur mes lèvres naître un sourire, oui oui, un sourire de plaisir, sourire que je m'efforce de retenir. Avec le goût de toi en moi je souris. Tu souris. Ton sourire éclaire cette ville normande, sans toi triste à pleuvoir.

Merci, merci pour ton épaule, ton cou, pour tout ton corps blotti contre le mien, merci pour les soixante années offertes et partagées. J'aimerais pouvoir garder en moi ce moment dérobé à l'éternité, ce goût de toi dans ma bouche et la chaleur de tes cuisses réchauffant mon petit oiseau sans ailes, petit oiseau qui ne peut plus voler mais qui peut toujours aimer de toute son âme ta belle âme immortelle.

À Cabourg on perd son temps sans toi. Une fois perdu on le recherche, et on ne le retrouve que pour souffrir. Avec sa madeleine, Marcel a fait disparaître le bon temps, madeleine qui, dit-on, n'était rien d'autre qu'une vulgaire tartine beurrée anoblie par la littérature.

Moi, à Cabourg comme ailleurs, je suis la proie de ce temps qui ne veut pas passer. Tout me rappelle toi. Où que j'aille, le chagrin m'assaille. J'étais là avec elle, nous faisions, nous disions, nous pensions, nous rêvions... C'est un chagrin d'enfant dans un corps de vieillard, un chagrin sournois qui surgit à la faveur de la moindre association de l'idée avec la chose, de la chose avec le lieu, du lieu avec la personne aimée et qui n'est plus, c'est un chagrin auquel on tient et qui vous tient plus encore, qui envahit votre poitrine sans prévenir à tout moment du jour ou de la nuit, à Cabourg ou ailleurs, n'importe où, là où nous avons été heureux ou malheureux ensemble. Ma madeleine à moi, c'est toi.

Cabourg encore

Je fuis, je fuis Cabourg, huit jours avant la fin de ta location, puisque c'est toi qui as loué cette maison, comme tu as toujours loué toutes les maisons que nous avons louées. Olga, Jeanne et Jean-Marc en sont partis ce matin pour rejoindre des amis dans le Sud. Ils sont restés quelques jours de plus que prévu pour ne pas me laisser seul. En vérité, je ne suis bien ni seul, ni en commun. Mais quand je suis seul, il y a quelque chose que je ne parviens pas à gérer. Je ne sais pas où me mettre, je ne sais pas où m'asseoir, même pour prendre un thé ou un déca, alors quand il s'agit de manger, c'est la panique. C'est, c'était toi, toujours, qui décidais. Moi je n'aimais aller que dans les endroits où j'avais déjà été avec toi.

Cabourg fut notre dernier voyage à toi et moi, avec Jeanne en prime, il y a… il y a si peu de temps… je n'arrive pas à y croire. Nous étions là tous les trois. J'avais du mal à vous suivre, rappelle-toi ! Vous marchiez toutes deux d'un si bon pas ! La gosse chantait, dansait, jouait, mangeait, dormait. Toi et moi nous étions heureux d'être ensemble, heureux d'être en voyage, heureux, très heureux enfin, d'être grands-parents d'une si vivante, si joyeuse, si merveilleuse petite-fille.

De temps en temps tu t'arrêtais, tu t'appuyais d'une main contre un mur ou un tronc d'arbre et tu laissais couler de ta bouche un flot que nous ne savions pas encore nommer « bile », un flot de salive, disais-tu. Tu vomissais ta bile. Je détournais les yeux, Jeanne détournait les siens et ne voulait pas que j'aille te soutenir, toi non plus d'ailleurs. Tu me disais d'un geste de main : « Éloigne-toi ! Éloignez-vous ! Ce n'est rien ! C'est le trop-plein qui sort. » Nous mettions ça sur le compte de la nourriture trop riche et trop chère du Grand Hôtel. Un trop de bave, disais-tu, et tu ne t'en effrayais pas plus que ça, semblait-il. Tu t'étais remise du cancer, de cette opération gigantesque du poumon, plus rien ne pouvait t'atteindre.

Tu avais pris, nous avions pris des billets de train pour Venise. Tu voulais qu'on parte à Venise avec Jeanne et tu commençais à te plaindre de douleurs sur le côté et au creux des reins. Je craignais des coliques néphrétiques, mais tu me disais que ce n'était rien, juste une petite douleur, tu voulais partir à Venise.

Les vacances scolaires approchaient, la petite attendait de partir en train de nuit pour la ville où tout est dans l'eau, et en plus, c'était le carnaval. On lui avait parlé des masques, des costumes, et moi brusquement j'ai dit : « Non, je ne partirai pas. Je ne peux pas partir à près de quatre-vingts ans avec une femme qui en a presque quatre-vingt-deux, qui souffre de douleurs non identifiées, avec en prime une fillette de cinq ans. Si quelque chose arrivait, laquelle des deux devrais-je abandonner pour m'occuper de l'autre ? » On choisit donc, d'un commun accord, d'abandonner Venise, ses lagunes, son canal, nos billets, l'hôtel place Saint-Marc, et, en consolation, ce fut Cabourg et le Grand Hôtel. Qu'il arrive quoi que ce soit, nous nous trouverions à deux trois heures de Paris.

Une fois à Cabourg, installés dans notre chambre luxueuse, tu t'es sentie mieux. As-tu regretté de ne pas être partie à Venise ? Tu ne me l'as pas dit. Mais, quoi qu'il en soit, tu te sentais mieux, car selon moi, l'air de la Manche t'avait revigorée. Au Grand Hôtel, Jeanne se sentait comme chez elle. Elle organisait des spectacles de danse très contemporaine en rameutant tous les marmots de trois à sept ans qui, sous ses ordres et sous les yeux ébahis et réprobateurs de la plupart des clients, non pourvus d'enfants de cet âge, et de l'ensemble du personnel, dansaient jusqu'à s'écrouler sur le tapis du grand salon, tandis que toi et moi nous dégustions nos en-cas en levant les yeux au ciel.

Le soir, ou plutôt en fin d'après-midi, nous allions, en traversant la place, nous éloignant du bord de mer, nous allions prendre place dans un petit jardin fleuri où nous nous reposions tous trois, installés côte à côte sur un banc de bois. Tu aimais être là, parmi les fleurs, les sentir, les faire sentir à Jeanne, et ainsi nous étions bien, assis, serrés. Jeanne alors nous improvisait un nouveau spectacle qu'elle exécutait seule après nous avoir demandé de couper nos portables et ne pas photographier.

Je sors à l'instant de ce petit jardin. Figure-toi que notre banc était libre, je le voyais de loin. J'ai même songé à faire graver nos deux noms, ou le tien seul, sur notre banc, mais, imaginant les tracasseries municipales, et pensant que tu trouverais ça ridicule, j'ai laissé tomber, et l'idée et la chose. Enfin, je vois le banc libre, j'arrive, je m'en approche d'un pas décidé quand je suis dépassé par un couple semblant marcher à reculons comme deux escargots handicapés. Malgré tout ils me coiffent au poteau, et figure-toi qu'ils s'installent à notre place, sans même me demander la permission.

Je vais donc m'asseoir sur un autre banc où nous n'allions jamais nous asseoir. Là je contemple les fleurs, comme tu les contemplais, et je les vois pour la première fois. Quand tu étais là, il me suffisait de savoir que tu les trouvais belles pour ne pas avoir à les regarder. Je les trouvais plus belles quand je les voyais par tes yeux, comme le reste, comme tout ce que tu regardais et admirais à ma place et pour moi. Je regardais le monde et j'admirais la nature à travers ton âme de poète.

Lorsque tu avais dix douze ans – tu eus douze ans beaucoup plus longtemps qu'une seule année, disons donc quand tu avais tes douze ans quel que soit ton âge –, à l'arrière de la voiture de tes parents, quand tu regardais les prés et les champs, les bois et le ciel, les feuillages et les blés, tu devais te cacher de ton frère et de ta sœur car, à chaque fois, l'émotion devant tant de beauté te submergeait et tu pleurais. Moi j'étais le bout de bois myope devenu borgne qui ne voyait rien et ne sentait jamais rien, sinon à travers ta propre vision et tes propres émotions. Pour la musique c'était pareil, la moindre chanson te bouleversait, une voix te transportait. Pour tout ce qui impliquait de la sensibilité, de la sensualité même, tu fus mon représentant à l'étranger.

Là, seul dans le jardin, loin de notre banc, exilé d'au moins six mètres, je pense à toi, à ta beauté, au rapport étrange et magnifique que tu entretenais avec la beauté du monde. C'est moi sans doute qui t'ai fait percevoir sa laideur infinie ; mais sa beauté, si j'ai pu en partie en prendre conscience, c'est parce qu'une moitié de toi, au fil de notre union, une moitié de toi s'est glissée en moi, une partie de toi est devenue moi. Une partie de moi, hélas, est devenue toi, et tu as emmené en partant ma partie, la partie que tu m'avais prêtée et que lors de ton départ je n'ai pu retenir. En moi la moitié de toi, qui m'était douce, est partie, il ne me reste plus qu'une moitié de moi. Tu es partie avec une moitié de moi, une partie de toi, et la partie de toi que tu m'avais prêtée, et moi je me retrouve borgne de la tête aux pieds, amputé de ma sensibilité.

En arrivant ce mois d'août avec Olga et Jeanne à Cabourg, j'ai voulu leur montrer à toutes deux le petit jardin où nous nous étions assis si souvent, Jeanne, toi et moi. Mais Jeanne ne le souhaitait pas. Comme elle ne souhaite pas que je parle de toi.

« Ça va te faire pleurer.

– Non, non.

– Si, si ! »

Elle parle peu de toi, et avec une précaution infinie quand elle le fait. Elle sent qu'il y a là, dans ta disparition, quelque chose qui fait pleurer les grands. Elle ne sait pas quoi faire du mot « mort » et de la chose « mourir ». Qu'est-ce que ça veut dire la mort pour une enfant de cinq ans ?

Quoi qu'il en soit, je fuis Cabourg et sa beauté, Cabourg, sa plage, sa promenade, son Grand Hôtel, Cabourg, Proust et ses madeleines, et même ses tartines beurrées. Je sais, je sais qu'à Paris je serai aussi seul, aussi loin de toi que je le suis ici, mais voilà, Paris sera toujours Paris, la ville où nous avons grandi, aimé et souffert. Aimé souffrir aussi, peut-être ? Seul, je suis seul ce soir… comme tous les soirs désormais. Oui, où que je sois, où que j'aille, à Cabourg, au Moulleau, et même si je retournais dans les îles Vierges, les Caraïbes, les Cyclades, les Sporades, je serai seul, seul à jamais. Autant être seul chez toi et n'en plus bouger.

Paradise Beach

Oui, nos courtes vacances, seuls ou avec Olga, et les grandes vacances avec toute la famille ont été essentielles dans ta vie, dans nos vies. Tu souhaitais partir loin, moi j'aimais rentrer. Donc nous partions où tu voulais. Loin, au soleil, par plaisir et nécessité. Lorsque tu finissais, littéralement sur les genoux, une de tes collections, il fallait vite partir te reposer. Tu travaillais comme tu faisais tout, avec passion, sans retenue, jusqu'au bout de tes forces.

De plus, comme tu ne voulais rien céder sur ton rôle de femme d'auteur, tu vivais le soir au même rythme que moi, passant souvent des nuits blanches avec Jean-Paul Roussillon et Michel Aumont, qui buvaient, tandis que toi tu fumais et que moi j'essayais de boire comme eux mais n'y parvenais pas.

Tu aimerais, je le sens, que je raconte dans le détail nos vacances chères à ton cœur et au mien, si joyeuses, si heureuses, que je te reparle de Paros, de Skyros, de Skiathos, de Saint-Barthélemy, de Saint-Thomas, de Saint-John, de Saint je ne sais qui ou quoi. Aux

Caraïbes nous avions pris douze fois l'avion en trois quatre jours. Sur le tarmac d'un de ces minuscules aérodromes îliens, tu me demandas brusquement pourquoi je faisais la gueule. Je ne t'ai pas répondu. Je détestais prendre l'avion.

Pour arriver à la Barbade – la seule histoire de vacances que je t'accorde –, il fallait changer deux trois fois de zinc. Ça s'annonçait mal, très mal. J'étais d'une humeur de dogue. En débarquant, on veut nous vacciner. Je refuse. On insiste. Je refuse encore. On menace, c'est la loi. Je déclare que plutôt que de me faire vacciner après onze ou douze heures de vol, je préfère repartir immédiatement et sans délai, et pas à la Martinique ni à la Guadeloupe, non, direct Paris. Tu prends peur. Je me mets à gueuler. Le douanier, ou le flic préposé, nous fait alors signer un papelard sur lequel nous nous engageons sur l'honneur à visiter le plus tôt possible l'hôpital de l'île où un médecin statuera sur notre sort. Parfait.

Nous allons à l'hôtel. La nuit est tombée. On nous guide vers notre bungalow. Je me tords le pied sur des gravats et je gueule :

« Des gravats ! Des gravats, partout des gravats ! Des travaux, partout des travaux ! Merde ! Merde !

– Je ne vois pas du tout de travaux.

– Tu ne vois pas de travaux ? Et ça ? »

Je me baisse et je brandis une brique qui à la lumière se révèle un énorme coquillage rose et blanc. Bon, passons.

Le lendemain matin nous découvrons la plage, une splendeur, exactement comme sur les cartes postales. Tu t'installes au soleil, je m'installe à l'ombre avec une casquette. Tu te laisses bercer par les vagues. Je fais trempette dans l'eau tiède avant de retourner à l'ombre avec mon polar. Je sais, c'est un des problèmes, on n'emporte jamais le bon livre, et pendant toutes les vacances on lit en pensant à ceux qu'on a laissés sur la table et qu'on ne pourra pas lire. Le soir tu te retrouves écrevisse. Le lendemain, pas question de t'exposer au soleil.

En deux coups de taxi nous allons à l'hôpital, sinistre, style anglais. Le médecin nous fait signer un nouveau papier et nous renvoie à la plage. Toujours couverts, nous marchons le long de cette plage de sable bordée de pommiers, dont les pommes jonchent le sol. Tu en ramasses une. Je te signale alors que chaque pommier est garni d'une petite pancarte avec une tête de mort et un slogan : « *No eat !* » Tu hausses les épaules, tu renifles la petite pomme, tu joues avec. Nous nous installons en bout de plage entre deux rochers. Là, tu me dis que tu vas y goûter. Ça m'énerve. Tu portes la pomme à ta bouche pour la mordre, je te l'arrache, tu me la reprends, je la casse alors en deux et je te tends les deux moitiés. Tu te saisis de l'une des deux et tu la lèches du bout de ta langue. Puis, tu constates : « Hummm, c'est suave, goûte. » Je refuse. « Goûte ! De quoi t'as peur ? » Et tu repasses une seconde fois le bout de ta langue sur ta partie de pomme en me tendant l'autre moitié. « De quoi t'as peur ? C'est très bon. » Je te réponds que je ne goûte pas les pommes d'un pommier à tête de mort.

Tu lèves les yeux au ciel, hausse les épaules, puis tu parais gênée par ta langue, que tu sors tout en mastiquant l'air, avant de déclarer :

« Ça pique.

– Qu'est-ce qui pique ?

– Ma langue.

– Ta langue pique ? »

Tu sembles avoir du mal à déglutir et tu précises :

« Ça me brûle ici. »

Tu poses ton index sur la base de ton cou.

Voyant non loin de là – nous sommes en bout de plage – un monsieur très digne nettoyant sa Bentley dans son petit jardin coquet donnant sur la mer, tu cours vers lui en ramassant une nouvelle pomme. Tu lui montres cette pomme. Il te crie de la jeter, de ne pas toucher ça. « *But I eat that !* » L'homme change de couleur, enfin changerait s'il le pouvait, et il crie de courir à l'hôtel, de jeter la pomme. Nous courons. Tu gardes la pomme en main. Au passage, une vendeuse de colifichets te crie de jeter la pomme. Au passage encore, je constate que le texte complet sur le panneau de chaque pommier n'est pas juste « *No eat !* », il y a aussi « *No touch !* ».

Nous sommes face à la dame aux clés. Tu lui montres ta pomme, elle te crie de la jeter. « *But I eat that !* » articules-tu avec difficulté. La dame décroche alors son téléphone. « Vous appelez qui ? » demandes-tu. « L'hôpital », dit la dame, tout en te tendant un cendrier. Tu vas pour y jeter ton mégot, mais elle te fait signe que tu dois y jeter la pomme. Tu jettes la pomme. Elle parle au téléphone. Tu te presses contre moi et tu murmures : « Tu crois que je vais finir ici à l'hosto ? »

La dame interroge :

« Est-ce que vous en avez ingéré ?

– Non, non, juste… » Et tu mimes.

Elle raccroche enfin et nous dit d'une voix relativement calme :

« Allez au bar, commandez un cognac, et faites-vous des gargarismes avec. »

On fonce au bar. Entre-temps, tu ramasses une nouvelle pomme.

Au bar, en plein air – il est dix heures du matin, le bar est désert –, tu commandes un cognac. Le barman, stylé, s'incline, puis me fixe un court instant. Je m'incline à mon tour. Il sort alors un verre, l'essuie, tous ses gestes sont mesurés et joyeux. Ensuite il va chercher une bouteille, il te regarde, puis me regarde de nouveau. Il te sert un cognac. Tu lui fais alors un signe : *more !*

Cette fois-ci il ne s'incline plus, il me fixe, il reste toujours élégant et stylé, mais on sent comme une douleur peser sur sa poitrine : il me plaint. Il reprend la bouteille et me regarde de nouveau, je lui dis oui de la tête. Il te sert une nouvelle dose. C'est à ce moment-là que tu lui mets la pomme sous les yeux. Il crie très fort : « Jetez ça ! Jetez ça ! » Tu lui dis : « *I eat that !* » et tu mimes un gargarisme. L'homme semble à la fois inquiet et soulagé. Il se précipite sur son frigo, en sort une bouteille de lait. Il t'indique qu'après chaque gargarisme tu devras boire une gorgée de lait.

C'est ainsi, chérie, que je t'ai sauvé la vie à la Barbade. Si tu avais croqué dans la pomme, je ne sais pas si tu t'en serais tirée. De retour à Paris, en examinant la facture de l'hôtel, nous avons découvert que la plage de cet hôtel se trouvait sur un lieu-dit Paradise Beach. En y pensant je me dis que si Adam s'était montré aussi ferme face à Ève que moi face à toi, ils seraient encore tous deux à poil en train de cultiver leur jardin d'Éden, ce qui aurait évité bien des déboires à l'humanité.

La toute-puissance féminine

À Cabourg, le seul soir où je me suis retrouvé seul, j'ai quand même fini par entrer dans un restaurant. Je m'y suis assis à la dernière table de libre, c'était une table pour deux bien entendu. J'ai refusé la banquette qui m'était offerte, disons que je te l'ai laissée, et je me suis assis face au mur, dos à la salle. J'ai commandé, puis j'ai attendu. À ma gauche, une famille avec enfants, parents, grands-parents, bruyants. À ma droite, un couple entre deux âges, ou plutôt de cet âge particulier où se termine la jeunesse et où commence la vieillesse. Tout d'abord, quand je m'installe, la femme, sur la banquette comme il se doit, est seule. Belle mais triste. Elle attend, l'air las. Elle me sourit cependant en me voyant m'installer à la place de l'homme, face à la banquette.

Son convive arrive, rangeant son portable, satisfait, enjoué, ravi, semble-t-il, de s'asseoir face à elle. Elle ne se déride pas lorsqu'il s'assied. Elle reste comme avant, comme si elle l'attendait encore, seule. Peu à peu, je devine, ou plutôt j'ai cru comprendre – je perdais beaucoup de leur conversation à cause du bruit et de mes oreilles qui ne sont plus ce qu'elles étaient. Les oreilles qui traînent pour un homme qui se pique d'écrire font près de 100 % du boulot – enfin, je compris peu à peu que ce n'était pas un couple, qu'ils s'étaient connus bien avant, il y a longtemps. Lui avait dû l'aimer, la désirer disons – elle était encore désirable – sans oser le lui dire. Et elle ne l'avait même pas « calculé », comme on dit dans les lycées et les collèges. Au contraire elle avait eu une histoire d'amour et de sexe avec un autre, plus joli garçon sans doute que celui qui était là, assis face à elle. Je ne sais pas comment il avait été adolescent, présentement il était un peu grassouillet, bien que masculin, lourdingue disons plutôt, de corps comme d'esprit.

Il semblait croire, espérer tout du moins, que ce qui n'avait pas marché hier, il y a vingt ou trente ans, vu les circonstances – elle était de nouveau libre, seule, perdue apparemment –, oui, ce qui avait eu lieu avec l'autre, ou les autres, n'ayant pas collé, ce qui n'avait pas eu lieu avec lui dans le passé pouvait peut-être...

Quoi qu'il en soit, elle avait échoué sur tous les fronts, et lui, lui, il avait en quelque sorte réussi. Sa grosse montre au poignet le prouvait. Il tentait donc sa chance bravement, prêt peut-être, qui sait, à saborder son couple, brader ses enfants, afin de réaliser son rêve de jeunesse. Elle, elle était à Cabourg de passage, il fallait la saisir au vol. Il n'avait rien à perdre n'ayant jamais rien eu. Elle l'écoutait, lointaine, tout en grignotant ses frites du bout des doigts et du bord des lèvres. On la sentait, je la sentais ainsi, désireuse d'être ailleurs, loin de Cabourg, loin de cette table, loin de cet homme dont les mains se rapprochaient des siennes peu à peu. Lui insistait, fort de son bon droit. Il lui parlait à voix basse. J'eus envie de lui demander : un peu plus fort, camarade, s'il vous plaît, je n'entends pas tout. Peut-être cherchait-il aussi une sorte de revanche sur celle qui l'avait dédaigné, repoussé, ignoré. En tout état de cause il ne lui en voulait pas, la preuve, elle était tombée, elle gisait au sol, et il se proposait de la relever.

Soudain une phrase claqua plus fort que les autres, il invoqua « la toute-puissance féminine ». Elle repoussa assiette et couverts et affirma haut et fort, enfin vivante, qu'elle du moins n'avait jamais eu de toute-puissance sur qui que ce soit. « Si, sur moi », dit-il en la fixant. Elle eut alors un geste magnifique. Spontanément elle tendit la main droite vers la joue de son vis-à-vis et du revers de deux de ses doigts, l'index et le majeur, elle lui caressa la joue à rebrousse-poil, comme une mère fait à son enfant qui vient de terminer de réciter son compliment de fête des mères. Il n'essaya même pas de saisir sa main et de la garder. Il avait tenté, il avait échoué. Ce n'était, en aucun cas, un geste d'amour. C'était cependant ce qu'il pouvait espérer de mieux ce soir, un geste de reconnaissance ou d'amitié, en aucune façon le geste d'une femme amoureuse.

Je ne sais pourquoi je fus si bouleversé, oui bouleversé par son geste et par l'absence de réaction de son vis-à-vis soudain vaincu. Ou plutôt si, je sais pourquoi : je n'allais ni pouvoir t'en parler ce soir, ni entendre la version contradictoire que tu n'aurais pas manqué de m'opposer. Tu m'aurais dit que ce couple était un couple séparé depuis quelques années qui tentait de se remettre ensemble. Enfin, nous en aurions discuté et nous nous serions disputés toute la nuit. Au matin j'aurais cédé, j'aurais reconnu que ta version était la bonne. Lui comme moi nous connaissions, apprécions et acceptions la toute-puissance féminine, avec sa contrepartie logique, la toute-faiblesse masculine.

La question fut pour moi, ce soir-là, comment, de celui à qui on caressait la joue à rebours, je devins celui que tu finis par embrasser avec passion des nuits entières. Il n'est plus temps, ou pas encore temps, de faire la lumière sur cette question majeure, nous y reviendrons, mais durant toute la fin de leur repas et du mien, je me suis retenu de glisser à l'oreille de mon voisin de table : fais-la rire, fais-la rire, camarade, ne lui parle pas du passé, encore moins de l'avenir. Fais-la rire et ça ira.

Les préliminaires

À peine introduit dans la chaleur du nid, mon petit oiseau s'affolait et faisait cui-cui. Parfois même, les jours de grande chaleur, la seule perspective du nid le faisait défaillir et faire cui-cui. Inconvénient corrigé par la possibilité infinie de lui faire faire cui-cui sans cesse. Hop, un coup d'aile le renvoyait pour un tour au firmament des oiseaux. Tu mettais l'ensemble de ces deux phénomènes contradictoires et complémentaires sur le compte de la trop grande passion que mon oiseau éprouvait pour ton nid. Cet état de chose, pour tout dire, me préoccupait. Pas toi, semblait-il, ou alors avais-tu l'élégance extrême de me le faire croire ? Toi tu aimais, disais-tu, et tu m'as fait aimer, ce que d'aucuns nomment avec dédain les « préliminaires ».

Amuse-bouche, hors-d'œuvre, entremets, trou normand, le tout consommé juste avant le dessert, négligeant tout à fait le plat de résistance que nous avalions en deux bouchées sans mâcher. Tu aimais plus que tout embrasser et tu embrassas énormément, moi et d'autres, avant moi ou après, qui sait. Tu embrassais avec fougue, violence, sauvagerie, et avec également une douceur, une langueur, un abandon et une endurance incroyables. Je ressentais, à cette union de nos bouches, de nos souffles et de nos langues, un plaisir à faire frémir mon oiseau sans l'exposer trop rapidement au cui-cui final.

Aujourd'hui je me dis avec regret que si je t'avais embrassée davantage, jour et nuit disons, sans jamais cesser, comme j'en avais envie, tu aurais forcément moins fumé. Et qui sait, peut-être serions-nous encore bouche à bouche, cœur à cœur, corps à corps.

Te retenir

Tu te demandes, sans doute, pourquoi je m'échine à t'écrire chaque jour des mots qu'à coup sûr, à moins d'un peu probable miracle, tu ne liras jamais ? Disons que je t'écris pour te retenir. Je te vois, ou plutôt je te sens, t'éloigner de moi chaque jour, comme chaque jour, hélas, je m'éloigne de toi. Chaque jour, chaque jour qui passe, ton visage s'éloigne du mien, mes lèvres ne trouvent plus tes lèvres, mes mains perdent jusqu'au contour des formes de ton corps, je n'entends plus ta voix si grave et si prenante murmurer des mots d'amour à mon oreille. Chaque jour, chaque jour, tu te défais davantage, comme un puzzle somptueux dont on jetterait au rebut une à une toutes les pièces.

Mais si je prétends écrire pour que toi tu continues à vivre, je mens. Je te mens et je me mens. C'est pour moi, pour moi seul que j'écris. Pour te faire continuer à vivre, oui, mais pour moi, pour mon usage personnel et privé, exclusif en tout cas. Je suis, reconnais-le, la principale victime de la catastrophe qui nous a frappés en mai dernier, catastrophe qui t'a emportée, arrachée à moi, la principale victime avec Olga bien entendu, et Rosette, ta sœur, que tu n'avais pour ainsi dire jamais quittée durant quatre-vingts ans. Sans parler de tous ceux et toutes celles qui t'ont connue donc aimée.

Mais moi, moi vois-tu, je suis la victime prioritaire, parce que c'est à moi que tu manques le plus, car à moi tu manques physiquement, charnellement, sensuellement. Ce n'est pas seulement toi, ton âme, ton esprit, ton humour, ton discernement, ta beauté, sans oublier ta bonté, oui, oui, tout cela me manque affreusement, mais ce qui me manque le plus, vois-tu, le plus cruellement disons, et de plus en plus, c'est ton corps ; ta peau, ta chair, ta langue, tes mains enfin me caressant et me tenant fermement comme pour me, nous, donner l'illusion d'une virilité retrouvée, et lorsque le plaisir me secouait, tu gardais tes mains longtemps, longtemps encore, serrant toujours l'oiseau sans ailes qui chantait en hoquetant, blotti dans tes paumes jointes.

Hélas, j'oublie, j'oublie la douceur de tes mains, et mes lèvres, ma langue oublient ta saveur. Chaque jour, chaque jour, tu t'éloignes de moi et je m'éloigne de toi. Je sais, je sais, il n'y a plus rien à faire, mais moi, comme à l'hôpital final où l'on se hâte de faire tout ce qui reste à faire quand il n'y a plus rien à faire, je m'efforce de faire tout ce qui me reste à faire depuis que je sais qu'il n'y a plus rien à faire. C'est pourquoi j'écris, j'écris pour faire ce qui me reste à faire, ce que je crois savoir faire, pour te retenir, pour te garder encore, pour garder l'être aimé qui s'éloigne inexorablement, happé par les trous noirs du temps qui passe et qui efface ta douceur et ta beauté.

Chaque jour, chaque jour, chérie, chaque jour nous éloigne un peu plus l'un de l'autre, et même si écrire ne pourra en aucun cas me ramener ton corps, ni ton visage, ni ta peau sous mes doigts, ni tes lèvres à ma bouche, je t'écris aujourd'hui comme je te caressais hier et comme je te baisais avec les pauvres moyens du bord.

Mais peut-être, chérie, devrais-je formuler les choses autrement. Si j'écrivais non pas pour te ramener à moi – patati-patata pipeau et tralala –, mais bien plutôt pour tenter de réparer ce que tu m'as demandé de réparer, l'une des dernières nuits de notre vie passée peau contre peau, unis dans notre lit matrimonial du siècle dernier. Oui, si c'était pour réparer ce que tu m'as demandé de réparer d'une voix amicale, aimante mais ferme, à savoir que selon toi, je n'aurais pas assez parlé de toi, de notre amour disons, de l'importance de cet amour, dans ce que tu as eu la délicatesse de nommer « mon œuvre ». Selon toi, je ne t'y aurais pas donné, laissé, offert, ta juste place à mes côtés, je n'aurais jamais précisé, du moins par écrit, l'importance que tu as eue sur moi, pour moi et « mon œuvre », as-tu dit sans ironie. Qu'en quelque sorte tu allais partir pour toujours comme si tu n'avais jamais existé, jamais compté pour moi, ni dans ma vie, ni, encore, dans « mon œuvre ».

Au-delà de ma surprise et de mon indignation face à ce reproche que je jugeais infondé – peut-être d'ailleurs n'avais-je pas bien compris le sens exact de ta revendication –, peut-être qu'il s'agissait tout simplement de l'absence de sensualité qui suinte, hélas, de ce que tu appelles, toujours sans ironie, « mes œuvres », voire « mon œuvre ». C'est vrai, il n'y est jamais question d'amour, de sexe, ni même de sentiments, sinon pour tourner tout ça en dérision, et, je le reconnais, la sensualité, c'était toi, et tu regrettes à juste titre je pense que, dans tout ce que tu m'as transmis, appris, enseigné, je n'aie pas retenu pour « mon œuvre », justement, la sensualité dont toi tu étais pétrie. Tu vois, là, je tente de me racheter. Je fais un effort, je tente d'écrire sensuellement, sensuellement parlant, avec la peur cependant qu'à tout moment tu n'interviennes pour me signifier que je n'ai rien compris, que le salmigondis que je produis n'a rien de sensuel, que c'est juste ridicule et grossier, et qu'en plus cette histoire d'oiseau sans ailes est pitoyable et déplacée, qu'encore une fois je te fais honte, que tu as honte pour moi, etc., etc., et qu'encore aujourd'hui tu risques de claquer la porte sans retour.

Cependant chérie, je te réponds calmement que j'écris afin de répondre à ta demande que je jugerais légitime si elle n'avait été trop tardivement formulée. Mais encore eût-il fallu qu'il y eût œuvre, au moins à mes yeux, pour que tu puisses y être associée. Or je n'étais pas, je ne suis pas un type à œuvre, ça ne m'aurait pas plu de l'être, ni à toi je suppose, toi qui ne supportais pas qu'on te nomme styliste et qu'on parle de tes robes comme de tes dernières créations. Tout étant devenu art, création, culture, chef-d'œuvre.

Moi j'écris comme d'autres édifient des monuments pour honorer la mémoire de leurs disparus. Je tente ainsi d'ériger du bout de ma plume un palais de papier accessible à tous ceux qui n'ont pas eu la chance de te connaître, donc de t'aimer.

C'est fou le nombre de ceux qui t'ayant à peine croisée me disent qu'ils t'ont tout de suite aimée, qu'ils se sont sentis tout de suite à l'aise avec toi, que tu étais la plus chaleureuse, la plus accessible de nous deux, la meilleure partie de moi-même en somme. J'écris donc aussi pour ceux qui ne t'ont jamais croisée, pour que ceux-là aussi puissent te visiter, te connaître, se promener dans ton palais – oh, ce sera plus près du Facteur Cheval que de Versailles ou Chambord ! Ce ne sera pas non plus le Palais des Congrès –, pour que ceux qui y entreront puissent s'y promener, s'y attarder, rêver, ou ressortir sans rien avoir vu. Ils pourront aussi refermer le livre, s'il doit y avoir un livre un jour, et le ranger sans le lire, ou même le jeter en passant dans une poubelle papier, ou le poser près de leur lit, sur leur table de nuit, sans le lire jamais, comme nous avons fait, toi et moi, tant de fois avec les livres parlant d'amour que nous gardions à portée de main sans jamais les lire tant nous avions de livres à lire remplis de morts, de cadavres et de cendres.

La sensualité hélas n'était pas ma priorité, pas mon affaire en tout cas, mais je reconnais que toi tu as pu, tu as dû en souffrir, toi qui étais la sensualité même. Ce livre, ton livre, mon livre, notre livre à tous deux, s'il existe, sera comme tes seins, ou même comme mon oiseau blessé devenu ton oiseau, notre oiseau à tous deux, par la grâce de l'amour sans cesse renaissant. Non, ce livre ne te sera pas dédié, il sera le fragile monument de papier érigé par un octogénaire débutant pour honorer ta jeunesse éternelle, indestructible, et ta beauté irréductible.

Tu es passée cette nuit, m'a dit la souris grise du matin, je ne t'ai pas vue, il faisait noir et je dormais. C'est à peine si j'ai perçu ta voix. « La sensualité, m'as-tu susurré dans un murmure, ne peut s'étaler comme une crème de jour sur un visage ou de l'encre sur du papier, elle sort de toi malgré elle, malgré toi, sans toi. Si tu veux la montrer, elle se tire à tire-d'aile en te laissant en guise de caresse une grimace et un pied de nez. »

Chérie

Chérie, je suis à La Poterie, en pleine nature normande profonde, loin de Deauville, Trouville, Cabourg surpeuplés d'aoûtiens. Je rentre clopin-clopant de balade mémorielle sans avoir croisé le moindre être vivant se déplaçant sur deux pattes. J'ai fixé un taureau blanc dont les courtes cornes décorant le sommet de son crâne lui donnaient l'air d'un marlou à casquette, fier d'exhiber ses couilles. Je l'ai fixé un instant, il m'a fixé à son tour, dédaigneux, comme s'il devinait l'état de mon oiseau désormais privé d'ailes à jamais. Il m'a fixé jusqu'à ce que je baisse les yeux. Moi qui marche sur trois pattes avec un parapluie comme canne, comment résister à son regard ?

Rosette va bien, elle tient le coup, je le pense du moins, nous parlons très peu et surtout pas de toi à cause des larmes qui me viennent ces temps-ci avec une facilité déconcertante à tout propos, et surtout à propos de toi. Pascal et Caroline l'entourent avec une gentillesse requinquante. J'imagine, non je sais, à quel point tu lui manques. Toi et moi nous étions ensemble depuis près de soixante ans, mais Rosette et toi, vous ne vous étiez pour ainsi dire jamais quittées pendant quatre-vingt-un ans.

Maintenant chérie – si cela t'ennuie ou t'énerve que je t'appelle chérie, fais-le-moi savoir par la filière habituelle et nocturne –, je vais, et je te prie de m'en excuser à l'avance, devoir parler littérature, si si si, littérature. Comme je ne peux plus jouir à temps plein des promenades dans la belle campagne normande des environs de Livarot, comme nous le faisions dans nos belles années pas si lointaines, j'ai jeté mon œil sur le salmigondis que j'ai griffonné au fil des jours depuis quelques mois déjà.

Je ne voudrais pas que tu t'imagines que je suis fier et content de ce que j'ai pondu à ton sujet et au mien. J'aimerais, chérie – décidément ! –, pour te célébrer, posséder l'âme d'un poète et la main légère d'un faiseur de chansons, chansons que tu aimais tant, et que moi, pauvre ilote, je méprisais avant de vivre à tes côtés.

Tu m'as raconté bien des fois que Jacques, ton premier et éphémère mari, notre ami commun, pleurait, lorsque tu l'as quitté, en entendant la moindre chanson d'amour ou de désamour. Le moindre refrain populaire le fracassait et il s'effondrait en sanglots. Je haussais les épaules alors, j'avais la tête farcie de poèmes : « On n'est pas sérieux, quand on a dix-sept ans », j'en avais vingt et j'étais encore très sérieux. Je vous régalais, ta sœur et toi, du « Dormeur du val », d'« Oceano

Nox » : « Oh ! combien de marins, combien de capitaines »… Vous m'écoutiez poliment, mais c'étaient les chansons qui vous bouleversaient. Inutile de te préciser que depuis ton départ le moindre refrain, la moindre chanson d'amour m'arrache des larmes. Une âme de poète et la main légère, oui, mais qu'y faire ? Dès que je m'assieds pour écrire à ton sujet, ma main devient lourde, ma plume s'engourdit et je sens à mes pieds de gros sabots s'installer quand je tente de parler d'amour, de notre amour.

Désormais, point n'est besoin de Brassens ni de Victor Hugo pour larmicher, il me suffit de marcher dans les champs, de claudiquer seul là où nous marchions à deux, main dans la main, non même pas, simplement côte à côte, sur ces chemins que nous arpentions avec Olga à nos côtés, avec Rosette, Marcel, Pascal, Nathalie, puis Boris, Rebecca, Simon. Nous marchions d'un bon pas hier, c'était hier, en chantant. Non, VOUS chantiez. Tu m'avais interdit de chanter sous le prétexte fallacieux que je chantais faux et trop fort. En fait, je gueulais comme un âne. Tu aimais beaucoup les ânes, tu leur glissais toujours un bout de pomme au passage, et si tu n'en avais pas, tu t'excusais de ton oubli. Tu as toujours eu des relations d'amitié avec les ânes, quels qu'ils soient.

Paris fin août 2019

Les jours sont si longs, si longs sans toi ! Je vis dans l'impatience de te revoir. À tout moment je t'espère contre tout espoir. Cette nuit peut-être passeras-tu un moment dans ta chambre et te faufileras-tu, à demi nue, dans ton lit pour y rejoindre ton vieux mari ? Je remonterai alors ta nuisette, sans la déchirer, promis, avec toute la délicatesse dont tu me sais incapable. Puis ma bouche ira chercher à tâtons la pointe de ton téton – gauche ou droit, qu'importe, je suis un fervent fidèle de tes deux seins –, j'en saisirai la pointe entre mes dents tendrement serrées, ma langue sentira grandir et durcir la pointe délicate de la plus vivante chair du monde, et je resterai ainsi sans plus respirer, sans rien dire, et surtout sans plus rien penser.

À l'aube je ne te laisserai pas repartir pour cet ailleurs maudit. Je te retiendrai, et mes mains iront partout sur ton corps et le pénétreront. Toi, tu n'auras même pas besoin de me toucher du bout de tes doigts divins pour que mon oiseau chante son bonheur et sa joie.

Dans notre jeunesse, et même après, tu me disais que le problème avec moi c'était que tu ne puisses jamais me toucher sans me faire instantanément défaillir. Je n'ai jamais su si c'était un regret ou une simple constatation. Tes seins ont gardé jusqu'au bout leur splendeur, leur fraîcheur frémissante, les mêmes proportions idéales. Moi, après le mitraillage de ma prostate, j'ai perdu la faculté de faire grandir mon oiseau, mais un jour le désir, lui, est revenu, aussi violent qu'en ma jeunesse, sans pour cela que rien se durcisse en moi, ni que grandisse l'oisillon hors du nid.

Tu étais dans ton lit d'hôpital, deux ou trois jours après l'intervention où on t'avait ôté et ta tumeur maligne et un lobe de ton poumon gauche, ainsi que quelques petites bricoles çà et là, « deux fois rien », t'avait-on dit. Il faisait une chaleur intense, caniculaire, dehors et dedans. Dans ta chambre non climatisée, tu sommeillais, allongée à plat dos sur ton lit, les épaules et la poitrine dénudées, sans pudeur aucune. Tes bras, garnis de quelques tuyaux de couleurs diverses, reposaient sur le lit. Tu gisais immobile. Je me suis glissé dans ta chambre, la porte étant ouverte. Tu n'as pas réagi.

Je t'ai découverte ainsi. J'ai admiré la perfection de tes épaules et la somptueuse beauté de tes seins, comme si je ne les avais jamais vus auparavant, et le désir, le désir de te prendre, de te posséder, m'a saisi, malgré mon bout de cigare mal éteint, le désir de te posséder, oui, de tout mon désir renaissant, m'a submergé.

Soudain tu t'es réveillée, tu m'as regardé et tu as murmuré en me tendant ta main :

« Sors-moi de là, chéri, je t'en prie, je t'en prie, je veux rentrer à la maison, je ne veux pas rester là, sors-moi de là. »

J'ai pris ta main et je l'ai serrée très fort, tout en la portant à mes lèvres le plus délicatement dont j'étais capable dans mon état. Je me suis dit que tout irait bien désormais, et je te l'ai affirmé à voix basse.

« Ça va aller, chérie, ça va aller.

– Sors-moi de là, je t'en prie ! Sors-moi de là, chéri !

– Tu sortiras bientôt, guérie.

– Non non ! Je veux sortir tout de suite, tout de suite, je t'en prie, je ne veux pas rester là ! Sors-moi de là ! »

Tu continuais, tu te débattais sur ton lit, suppliante, tandis que mon désir ne cessait de croître.

Une aide-soignante est entrée et m'a demandé de sortir pendant qu'elle allait faire la toilette de la petite dame. Je suis sorti et quand je suis revenu, tu étais sous ton drap, couchée sur le côté, tu dormais profondément. Je suis resté près de toi, l'envie de te serrer dans mes bras et plus encore ne me quittant pas.

Je suis descendu faire un tour au parc Montsouris voisin, y chercher un peu de fraîcheur, me disant que ton cancer était vaincu et mon désir revenu et que si je n'avais pas retrouvé une once de rigidité, le désir y suppléerait, contre l'avis de la sommité médicale – prostate raplaplate libido à zéro – oui, le professeur s'était trompé. Il ne connaissait ni ta beauté intacte, ni la force de mon désir et la profondeur de notre amour.

Poulidor

Aujourd'hui ou hier Poulidor Raymond, Poupou, est tombé de vélo. Poulidor fut mon idole après Zatopek. Pas la tienne, mais une promenade nous avait conduits à lui. Nous étions je ne sais où en province et nous montions une côte assez raide. Nous étions jeunes, tu grimpais en fumant et en contemplant et en commentant le paysage. Tu aimais la campagne, comme tu aimais la mer, la montagne, les rivières, tu aimais tout. Et moi, je m'efforçais d'aimer tout, moi aussi, dans l'espoir que tu m'aimes aussi un peu, bien que je n'aie rien d'un chatoyant paysage.

Enfin, nous montions à notre rythme, disons calmement. Nous fûmes alors – tu fumais, je l'ai déjà dit – dépassés par un couple assez âgé, plus jeune que nous aujourd'hui, mais plus vieux, bien plus vieux que nous en ce jour lointain. Ils semblaient ne pas souffrir, ils grimpaient d'un bon pas, allègre. Je ne sais si c'est toi ou moi qui les ai alors interpellés :

« Dites donc, vous êtes sportifs, vous !

– Nous non, c'est notre fils.

– Votre fils ? Ah ? Et il fait quoi comme sport ?

– Du vélo.

– Du vélo ? Il fait le Tour de France ?

– Il fait le Tour, oui oui oui.

– Ah ben dites donc ! C'est qui ?

– Ah, c'est pas Coppi.

– C'est pas Fausto Coppi, mais le Tour de France, quand même ! C'est qui ?

– Poulidor, Raymond.

– Raymond Poulidor ! ! !

– C'est un bon garçon », dit la mère.

Le père reprit :

« Un bon garçon, pour sûr, mais question vélo c'est pas Coppi. »

La femme intervenant de nouveau :

« Il nous laisse manquer de rien. Il nous donne presque la moitié de ce qu'il gagne.

– Ça, on n'est pas à plaindre, c'est sûr. »

La mère continuant :

« Il est gentil, il est si gentil. »

Le père :

« Ah c'est un bon fils, c'est vrai, c'est vrai, mais côté vélo, c'est pas… »

Ce jour-là j'ai compris pourquoi Poulidor ne gagnait pas et ne gagnerait jamais le Tour.

Le Tour fut l'un de mes objectifs quand j'étais gamin. Je voulais faire le Tour de France, pas pour le gagner, juste pour le faire. Je le voulais mais pas au point d'apprendre à faire du vélo. Et depuis cette côte montée avec les parents de Poulidor, je me suis surpris à me prendre souvent pour Poupou en pensant à ma maman qui pensait, elle, que je n'arriverais jamais à rien. Elle m'avait – t'en souviens-tu ? – demandé, alors même que tu étais enceinte et que nous n'étions pas mariés, ce que j'allais faire quand je me retrouverai seul avec un gniard sur les bras.

« C'est les femmes qui font les enfants, maman.

– Elle va te laisser tomber. Pourquoi elle resterait avec toi ? T'es moche, elle est belle. Tu veux rien foutre, elle travaille tout le temps. T'as pas un rond, elle a une affaire qui marche. Pourquoi elle resterait ?

– L'amour, maman. Tu n'as jamais entendu parler de l'amour ?

– "L'amour, toujours l'amour" ! »

Elle sourit. Elle savait ce que c'était « l'amour » !

« L'amour ne se mange pas en salade ! »

Et puis et puis, comme auteur dramatique, je fus une sorte de Poulidor. Nous étions tous des Poulidor. Chaque fois que l'un d'entre nous donnait une pièce à lire, ou plutôt trouvait un volontaire parmi les professionnels débordés acceptant de lire l'une de nos pièces, le retour était garanti : « Ouais, pas mal, mais c'est pas Beckett. » Ce n'était pas Beckett. Ce n'était jamais Beckett, ni Beckett, ni Coppi. Mais toi, toi tu lisais mes pièces la nuit pendant que je dormais, et tu les aimais. Tu riais, tu pleurais. Ni Samuel ni Fausto n'ont eu la chance que j'ai eue.

Toujours dans la rubrique nécrologique, section internationale cette fois, on annonce le décès de Kirk Douglas, à cent trois ans. Tu l'aimais, tu l'adorais, je l'aimais, je l'adorais itou. Et comme nous étions fiers, fiers de savoir qu'il était des nôtres ! Au même titre que Johnny Weissmuller, le premier Tarzan, et Fred Astaire, le merveilleux, de son vrai nom Austerlitz, et Tony Schwartz dit Curtis, l'autre Viking.

Oui oui oui oui, nous vivions ainsi, cherchant à savoir qui l'était et qui ne l'était pas parmi les plus grands, les phénix, les géants de ce monde. Nous avions tant besoin, après ce déferlement de haine, de crachats, de mensonges, de meurtres, d'humiliations, de ragots, toutes ces années passées à courir, à se cacher, à se faire prendre par la police de notre propre pays pour être livrés aux assassins d'enfants, de mères, de malades, nous avions tant besoin de victoires. Oui, nous sortions le dos plus droit après avoir vu Kirk à cheval, ou mis en croix dans *Spartacus*.

Rêve de grève

Je te revois enfin, dans ce flot de passants pressés, traînant leurs valises à roulettes, se croisant, se heurtant, tout en tentant de se glisser entre les voitures, les vélos, les motos et autres engins à guidon, roulettes et pédales. Je te fais de grands signes, mais c'est comme si tu ne me voyais pas, et le flot agité te rejette loin de moi. Je me sens perdu, abandonné, et puis, et puis, je vois – moi qui ne vois rien, moi qui n'ai jamais rien vu –, je vois ton visage en gros plan. Ton visage fatigué, usé. Et tes yeux, tes yeux vidés de cette lumière qui illuminait tout autour de toi.

Je me souviens soudain que, ce jour ou un autre, tu as appliqué sur ta joue droite une sorte d'appareil, genre rasoir électrique antique multitêtes, et que ce machin sur ta joue a laissé des traces circulaires formant comme un totem rituel aztèque que je crains indélébile. Et je m'interroge : comment se peut-il que toi, si à cheval sur ta beauté du visage, tu sortes ainsi dans la foule, comme si ces traces n'existaient pas, et sans même afficher un sourire sur tes lèvres, ni un éclat dans tes yeux. Et soudain, soudain, je te plains. Oh comme je te plains ! Je te plains si fort, si intensément, que mes yeux s'écarquillent dans mon désir forcené de revoir ces traces concentriques, imprimées pour l'éternité sur ta joue, afin d'en déchiffrer le sens secret, mais je ne les vois plus. Pire, je ne vois plus ton visage, ni tes yeux, et c'est comme si tu n'avais jamais existé, comme si je n'avais jamais existé.

Seule existe cette rue de grève débordante de passants pressés, de touristes égarés, ou de voyageurs du quotidien accablés, se heurtant, se hâtant, afin de rejoindre une hypothétique gare dans l'espoir vain de se hisser dans un train qui n'existe pas plus que toi et moi.

Et je reste ainsi, à plat dos, essuyant mes yeux humides de ma main qui tremble. Je ne sais si je dois me lever ou tenter de me rendormir afin, qui sait, de te retrouver ailleurs, dans un cadre plus propice à la joie des retrouvailles.

Sales nouvelles défraîchies du quartier Seine-Buci

La beauté déserte le quartier. Hier matin, notre voisine de bistrot de l'Old Navy ou du défunt Mondrian est partie à son tour. Elle avait soixante-dix-neuf ans. Ainsi, les deux plus belles octogénaires débutantes se sont envolées dans le ciel de Saint-Germain, comme la fumée de leurs deux paquets quotidiens de bouts dorés, avec ou sans filtre. Pour tout te dire, je me sens de plus en plus victime d'un tour de passe-passe.

Lundi 15 avril dernier, nous fêtions chez Olga, Jeanne et Jean-Marc, les cinq ans de notre petite merveille. Nous l'avons admirée souffler avec dextérité ses bougies avant de rentrer à la maison. Je t'avais proposé d'appeler un taxi, tu m'avais dit que tu préférais marcher un peu et en prendre un sur la route. Le 4 mai, trois semaines après, c'était plié pour toi, pour moi, pour Olga, et pour toujours. J'ai eu cette même impression de cartes truquées avec le départ d'Anna Karina. Je l'avais vue peu avant, assise à la terrasse d'un restaurant tout proche, avec son mari. Celui-ci, me voyant passer, m'avait gentiment proposé, me sachant seul, de me joindre à eux. J'avais refusé, fuyant les couples et les gens bien portants. Rien n'annonçait qu'Anna Karina était à l'article de la mort. Toutes les deux, jusqu'au bout, vous avez donné l'illusion de la santé par votre beauté constante.

Jeanne, pendant des mois, tu le sais, ne voulait pas parler de toi, ni avec moi, ni même avec Olga. Depuis peu elle reparle de toi. Elle nous a même dessinés, toi et moi, côte à côte. Elle m'a dit qu'elle allait te faire des beaux yeux et elle t'a collé des cils immenses qui traversent toute la feuille de papier. Et puis, tout dernièrement, elle a déclaré à Olga que la meilleure cuisinière de la famille, c'était mémé. En l'apprenant, j'ai ressenti une joie immense. Ainsi donc, tes carottes râpées et ta semoule à l'eau lui manquent comme elles me manquent. Tu as triomphé des petits plats mijotés par Rosette, de la cuisine gastronomique de Pascal, et de la nourriture paternelle de Jean-Marc, et même des petits plats maternels d'Olga. Comment te le faire savoir ?

À part ça que te dire ? C'est l'hiver et la grève. Le réchauffement nous manque, et les moyens de transport aussi. Il fait 49 degrés en Australie et la forêt brûle. Et moi, moi je hais la terre entière, et je me hais moi-même. Je me hais, et je hais le monde qui continue à vivre sans toi comme si de rien n'était. Je me sens incapable de te rendre hommage. Je griffonne des pages ineptes au lieu de dresser le monument de papier que je m'étais promis de t'élever. Monument à ton image, fait de simplicité et de gravité, de sensualité et de beauté.

En plus, tu n'es plus là pour me vêtir et je me sens incapable d'entrer dans un magasin et d'y acheter quoi que ce soit sans toi. Tant pis, je vais tenir jusqu'à la quille avec les vêtements que tu m'as choisis. Je me rends compte au fil des jours que j'aime de plus en plus nouer tes foulards à mon cou, enfiler ta robe de chambre sous prétexte qu'elle est plus chaude, et je suis même à deux doigts, je me retiens, de me glisser dans une de tes robes. Jeanne m'a assuré qu'aucune de tes robes ne m'irait. Pourtant, dans le portrait en pied qu'elle a dessiné de nous deux, pépé-mémé avec ses beaux yeux, côte à côte, elle nous a mis tous les deux en robe.

Mais je m'égare… Tu vois, je n'ai aucune rigueur. Je t'annonce des nouvelles du quartier Seine-Buci et je me disperse en route. D'abord, les cafés fermés et en travaux. L'Old Navy, notre café préféré de ces temps derniers, est enseveli sous des monceaux de vieilles affiches périmées. Rien ne semble annoncer ne serait-ce que des travaux, en tout cas aucune réouverture prévue. L'ex-Mondrian, lui, est en travaux, ça a l'air presque fini, mais ça n'est toujours pas ouvert. La petite pharmacie, vers la rue de Buci, a cessé d'exister. L'hôtel du dessus va reprendre le local. Les fruits et légumes, comme tu l'avais prévu et craint, ont fermé aussi. Ainsi que la boucherie en face, ce que tu craignais aussi. C'est devenu un restaurant de viande. Bien sûr, ce n'est pas pareil. Je ne mets plus les pieds au Carrefour, tout y a changé, tu le sais, je ne t'y retrouverai plus. C'est comme si ton départ précipité avait sonné le clairon annonçant la défaite et la retraite pour les vieux clients errants, traînant leur roule-tout avec leur regret du passé dans les yeux et sur leur visage leur date de péremption.

Je ne sais plus si je te l'ai déjà dit ou écrit, je m'y perds, mais figure-toi que deux trois jours après ton départ, le téléphone a sonné, c'était ton dentiste, ton cher vieux dentiste, qui, très gêné, m'a annoncé qu'il cessait son activité. Je lui ai alors annoncé que tu venais de cesser la tienne. Tu vois, tu as eu raison de refuser les implants, tu voulais conserver tes quatre dents de devant légèrement chevauchantes, tu craignais qu'il ne te fasse des dents droites et blanches, ce qui aurait changé ton sourire. Et je te disais toujours : c'est une course de lenteur entre tes dents branlantes et toi. C'est toi qui as gagné. Tu es partie avec ton sourire intact, avec tes dents de fumeuse, pas trop blanches mais garanties d'origine. J'aimais ta bouche, ton sourire. J'ai trouvé une photo – oui, désormais si je veux te voir, il me faut te voir en photo –, je suis tombé sur une que je ne me rappelais ni avoir prise ni avoir vue, une photo couleur d'il y a trente quarante ans saisie lors d'un séjour à Kolymbitrhes sur l'île de Paros. Toi seule pourrais me dire le lieu exact et l'âge que tu as. Tu es de profil, tu tiens dans ta main droite une cigarette allumée tout en brandissant face à toi ton poudrier ouvert. De l'autre main tu remontes tes cheveux pour dégager ton front et tu scrutes ton visage dans la glace minuscule de ton poudrier avec une intensité et une attention phénoménales. Tu es si belle ainsi, si incroyablement belle que j'en suis à me demander comment j'ai pu te garder, te conserver tant d'années, comment j'ai pu, moi, résister si longtemps et tenir face à la concurrence qui n'a jamais cessé de se manifester sur tous les fronts imaginables.

Je ressens encore en moi cette peur, peur de te perdre, ce sentiment d'illégitimité, et je reste face à ta photo, fracassé par ta beauté, comme si je la découvrais après toutes ces années passées près de toi.

À toute chose malheur est bon, dit-on, tontaine et tonton

Depuis ton départ, appelons ça comme ça, tu mènes, nous menons, réellement une vie de rêve. Le soir je me couche et je t'attends. Et toi, souveraine, maîtresse de ton agenda comme du mien, tu viens ou tu ne viens pas. Certaines nuits – bénies soient-elles ! – tu te glisses hâtivement dans notre lit et tu t'offres à moi comme tu ne l'as jamais fait dans notre vie précédente, sans pudeur. C'était moi, toujours, et ce jusqu'au dernier jour, qui te cherchais, vers les deux trois heures du matin, quand nous nous couchions après avoir passé une soirée de patachon face à la télé à regarder de vieux films américains en version française. Toi, tu voulais dormir, disais-tu. J'insistais, mes mains avides parcourant la beauté de ton corps. Tu disais non non non, et puis tu t'abandonnais en riant, en me traitant de sale vieux dégueulasse aux mains baladeuses.

Si cela avait été autrement, si tu m'avais montré ton désir, je n'aurais pas tenu. Il fallait que ce soit ainsi, différé, négocié. Désormais, tu peux te glisser sans crainte près de moi et m'étreindre, m'embrasser partout à la fois, me saisir à pleines mains, répondre au moindre de tes désirs. Oui, je suis heureux ou devrais l'être, mais certaines nuits je ne dors pas, et alors tu reviens, non pas sur les ailes des rêves, mais enveloppée dans le châle de douleur du souvenir. C'est ton absence alors qui me hante et m'obsède.

D'autres nuits encore – sont-elles plus sombres ? – je ne dors, ni ne rêve, ni même ne me souviens. Je reste figé, immobile, comme une bûche dont le papa de Pinocchio n'aurait pas encore extrait, du bout de sa hachette, son pantin de fils.

Mais rassure-toi, je ne te demande pas l'exclusivité de tes visites nocturnes. Je ne t'ai jamais demandé aucune sorte d'exclusivité. Je sais, j'espère même, que tu visites également les nuits agitées d'Olga, et pourquoi pas, pendant qu'on y est, celles de Jeanne, sans l'effrayer cependant. Malgré ses airs bravaches, elle a peur de tout. Sans doute traverses-tu d'un coup d'aile les nuits sans sommeil de Rosette, et celles toutes blanches de Rebecca. Je soupçonne même que tu t'égares dans d'autres nuits, dans d'autres lits que j'ignore, afin de revoir des amis que tu as perdus de vue il y a bien longtemps, mais qui eux ne t'ont pas oubliée.

Ceux que tu as embrassés sans lendemain, mais avec passion. Peut-être même – je ne sais pas si je te le souhaite ou non – as-tu eu des amis récents qu'hier encore tu chérissais dans le secret de ton cœur ? Peut-être espèrent-ils également ta visite ? Non, je ne réclame pas d'exclusivité. Je souhaite seulement que tu te glisses plus souvent qu'à mon tour dans notre lit marital et légitime.

À ta naissance, le chœur des fées réuni autour de ton berceau t'a dotée de bien des dons. Un te manquait, tu l'as gagné à ton départ, celui d'ubiquité. Tu peux être ainsi à la fois dans bien des rêves, dans bien des cœurs, dans bien des lits. Chez nous, chez toi, tu es partout, dans le moindre des ustensiles de cuisine, dans les placards, les penderies, là où pendent tes vêtements orphelins. Ma gorge se serre. Partout où je pose mon œil, où s'égarent mes mains, c'est toi, c'est toi qui me fais signe et qui me chuchotes : « Rappelle-toi, rappelle-toi comme nous étions heureux, sans même savoir à quel point nous l'étions. » Le moindre livre, le bibelot le plus éculé, tout ce que je saisis, tout ce que je touche, tout ce que je pense aussi, me rappelle ce que j'ai perdu. Tout m'est peine, souvenir et douleur, et joie, oui, joie aussi. Tout me dit que je t'aime, alors que je ne vois déjà plus ton visage lorsque je ferme les yeux.

Mes mains ont perdu la douceur de ta peau, sa chaleur, les formes de ton corps, et surtout, surtout, ta voix a disparu, ta voix grave, chaude, douce, coléreuse, amoureuse, despotique, sans réplique, ta voix chère, ta voix de velours, d'amour et de rires, de colère et de joie. Pire encore, je ne sens plus ton regard sur moi et c'est comme si je n'existais plus, comme si j'étais devenu l'homme invisible, l'homme sans âme, sans corps, sans forme, sans consistance.

Tu t'es crue mon ombre, tu étais mon soleil.

Sombre Dimanche

Je viens d'écouter sur France Inter, dans l'émission musicale que tu aimais tant, *Sombre Dimanche*, interprété tour à tour par Damia, Sarah Vaughan, Billie Holiday, et un chanteur russe dont le nom m'échappe présentement. Ce chanteur a enregistré ce *Sombre Dimanche* soviétique en 1937, année chère à mon cœur car année de ta naissance. Hélas ce fut aussi l'année culminante des purges staliniennes et une année cruciale dans la guerre d'Espagne. La fin des illusions donc pour un grand nombre d'hommes et de femmes dits de gauche, de cette gauche morale et internationaliste porteuse d'avenir sans lendemains qui chantent.

Sombre dimanche… Bien que plongé dans un très sombre samedi, ce *Sombre Dimanche* russe m'a fait horriblement rire. Oui, oui, rire aux larmes. Trop de malheurs accumulés porte au rire. Et aux larmes aussi, d'accord. C'est ce que tu exigeais de moi : que j'obtienne des spectateurs, voire des lecteurs, des rires et des larmes mêlés. Et c'est ce que je tente encore de t'offrir aujourd'hui, pour te plaire, te séduire encore et encore.

Le chanteur russe, réfugié à Bucarest, précise le présentateur, y mourut en prison, torturé à mort par la Securitate. Je subodore que ce chanteur russe naquit à l'ombre de la même étoile que toi et moi. Le compositeur de ce *Sombre Dimanche*, hongrois, s'est jeté par la fenêtre de son cinquième étage, il s'en tire miraculeusement, et aussitôt remis sur pied, se pend à l'aide du fil de son téléphone. Quand on veut on peut, disait ma mère. Le nombre d'auditeurs de son *Sombre Dimanche*, traduit et enregistré dans toutes les langues de la terre, qui se sont pendus ou suicidés d'une autre manière, se compte par milliers, voire par centaines de milliers. Tout cela porte au rire, et aux larmes aussi. Oui, le malheur accumulé – je l'ai déjà dit mais j'aime à le redire – fait rire, s'il ne te tue pas.

J'ai très très fort, oui, très très fort pensé à toi, en entendant Damia. Et j'ai ri, ri aux éclats, tout en pensant encore très fort à toi en écoutant la version russe pleine de violons et de larmes. Choisis, si tu en as encore le loisir, ta version préférée, et sache que pour moi c'est désormais tous les jours dimanche, même les samedis comme aujourd'hui. Tous les jours ouvrables de la semaine sont devenus de sombres dimanches.

Rassure-toi, même si j'ai entendu quatre versions à la suite de *Sombre Dimanche*, je ne vais pas tenter de me pendre au fil de mon téléphone portable, téléphone portable dont j'ai fait l'acquisition uniquement pour pouvoir te joindre à tout moment lors de tes séjours inhospitaliers. Ce sera donc pour moi tous les jours sombre dimanche désormais.

Quelle que soit la version choisie, n'oublie pas d'en rire avant d'en pleurer. Te souviens-tu ? Tu étais si mal, il y a de cela trente ou quarante ans, et nous avions quand même décidé d'aller au cinéma, dans l'une des deux salles du neveu Mitterrand, dans le XIVe arrondissement. Nous y avons vu, ou revu, quelques Laurel et Hardy. Tu as ri à en tomber de ton siège. Tu as ri à t'en rouler par terre. Et à la sortie tu as déclaré, à moi et à la terre entière : « Laurel et Hardy m'ont guérie. »

Une autre chose te faisait rire aux éclats : quand je me cassais la gueule en pleine rue ou dans des escaliers. Aussitôt tu te tordais de rire, une main sur la bouche, t'excusant, et l'autre te serrant les côtes. Tu riais, tu riais. J'aurais pu me tuer, toi tu aurais ri en me voyant tomber. Et du coup, bien sûr, ça me faisait rire aussi. J'aimais te faire rire et rire encore. Comme j'aimerais pouvoir retomber devant toi, me casser la gueule sans cesse, pour entendre ton rire, te voir, te revoir, la main gauche sur la bouche, la droite sur ton ventre, te trémoussant en t'excusant. Oui, je suis volontaire pour me casser la binette devant toi sans cesse.

Tu sais, lorsque j'écris, le dimanche ou le samedi, ou tout autre jour sombre de la semaine, c'est toi, toi, chérie, qui me souffles ce que je dois griffonner.

C'est toi qui guides ma main sur le papier, comme tu la guidais sous nos portes cochères jusqu'au graal de ta chair.

C'est toi toujours qui tiens mon stylo, et ce sont ces moments qui me sont les plus doux, les plus précieux, car ce sont ceux que je vis avec toi près de moi, coude à coude, côte à côte, comme avant, comme toujours, et je suis à deux doigts de te lire à voix haute ce que nous venons d'écrire, comme je le faisais, souviens-toi, il y a cinquante ans, guettant sur ton visage un sourire, un rire, et même, plus précieux encore, une larme. Oui, quand j'écris ainsi près de toi, seul avec toi, dans la nuit, le temps passe alors. Le temps passe pour toi comme pour moi quand j'écris sur toi, sur moi, sur nous.

Il me faudrait avoir le courage d'écrire sur toi, sur nous, toujours, nuit et jour, et même durant tous ces sombres dimanches. Le soir, ou comme ce soir, au cœur de la nuit, me couchant, m'écroulant après avoir relu notre prose, je m'allonge à tes côtés. Je m'endors ivre de joie, fier comme un p'tit banc. Quel chef-d'œuvre avons-nous encore pondu ce soir, toi et moi ! Hélas, le matin au réveil, le drap est froid de ton côté. Je suis seul et je me relis. Conseil aux futurs écrivains : apprenez à écrire si vous en éprouvez l'absolue nécessité, mais surtout, surtout, n'apprenez pas à lire, et encore moins à relire, le matin au réveil, la prose de la veille.

Et pendant que j'y suis, ça ne mange pas de pain, un petit conseil aux jeunes mariés : divorcez, séparez-vous, quittez-vous très tôt, très vite, n'attendez pas qu'il soit trop tard, après cinquante ou soixante ans de vie commune, d'amour commun. Avec l'espérance de vie qui s'allonge, divorcez le plus tôt possible. Ne vous attachez pas, résistez ! Ne laissez pas l'autre devenir une moitié de vous. On souffre trop, on souffre trop quand cet autre devenu une partie de nous s'arrache à nous. Quittez-vous, quittez-vous avant que l'amour soit trop fort. Changez de partenaire, profitez de votre jeunesse, partouzez, échangez, visionnez des films pornos, mais ne restez pas à vous aimer.

Oui oui, bien sûr je ne vous le souhaite pas, si vous rencontrez une jeune femme séduisante, très séduisante, et si, bien que vous le soyez vous-même si peu, séduisant, elle devient votre amie, puis votre amante, puis votre épouse, puis la mère de votre enfant, votre muse, votre guide, votre mère de substitution, votre père d'adoption, votre frère de sang et votre sœur de cœur, en un mot votre moitié et votre tout, et qu'en plus, pour arranger le tout justement, votre histoire d'amour unique et réciproque fleurit pendant plus de cinquante ans, cinquante-sept, voire cinquante-huit, qu'importe, quand on aime on ne compte pas, vous pourrez alors légitimement considérer que vous n'avez pas eu de chance.

Bon, que faire alors ? Surtout ne pas vous attendrir sur votre sort et votre niveau de malchance. Démerdez-vous plutôt pour crever de votre petit cancer à vous avant qu'elle ne meure du sien. Sinon,

sinon, souffrez. Souffrez en silence car elle ne sera même plus là pour écouter vos plaintes, sécher vos larmes et vous consoler d'un sourire ou d'une étreinte.

Mais quoi ? Quoi ? Qu'est-ce que vous voulez dire ? Bien sûr, si vous avez le malheur de tomber sur Jacqueline, vous ne pourrez jamais la quitter, vous ne pourrez pas. Alors faites-la au moins cesser de fumer.

Claude Roy, lui-même victime des cigarettes et d'un cancer au poumon, m'a arrêté un jour près de la petite pharmacie rue de Seine, et m'a dit : « Si tu laisses Jacqueline fumer comme elle fume, tu es un assassin. » Je suis un assassin. J'ai essayé quelquefois cependant, je l'ai dit et je le redis, j'ai essayé de la faire cesser de fumer au nom de notre amour par exemple, mais elle m'a dit qu'elle, elle m'aimait plus que je l'aimais puisqu'elle n'avait jamais essayé de me faire fumer au nom de notre amour ou de n'importe quoi d'autre. Touché coulé.

Désormais

Désormais tu ne te glisses plus la nuit près de moi, même en rêve.

Tu ne presses plus ton corps brûlant contre mon corps glacé, même en rêve.

Tes mains ne tentent plus de ranimer mon oiseau foudroyé, même en rêve.

Ta bouche ne cherche plus ma bouche au cœur de la nuit, même en rêve.

Ta voix du matin, après ta première cigarette, ne me chante plus *Duerme duerme negrito*, ni même *Belz, mayn shtetele Belz*, ou encore *Chiribim Chiribom*.

Dix fois par nuit je me réveille pour vérifier que je ne rêve toujours pas.

Et même lorsque je rêve, je ne rêve plus de toi.

Je rêve comme je vis, petitement, sans toi, sans même dormir, sans même me sentir vivre.

Le jour il me prend des envies de porter à mes lèvres les objets que tu as touchés, ceux que je retrouve oubliés dans un placard, ou égarés dans un cabas de plage. J'approche de mes lèvres un foulard, un stylo qui n'écrit plus, retrouvé au fond d'un sac à main d'il y a vingt ou trente ans. Je frissonne devant un de tes vieux impers roulé en boule, à la fermeture Éclair fatiguée, que tu traînais autour de ta taille, l'hiver en Grèce et l'été à Houlgate ou Cabourg.

Je ne te dis rien des photos, ni de tes disques de flamenco, ni de ceux, innombrables, de ton répertoire yiddish. Je ne parle même pas du disque de ta mère, que tu enregistras toi-même, et où je peux presque encore entendre ta voix qui l'encourage, la soutient et l'accompagne parfois. À quatre-vingt-dix ans elle chantait comme une enfant de son monde disparu.

Je suis incapable de dire ce qui me manque le plus. Peut-être est-ce moi tout simplement, moi parce que sans toi je ne peux plus être tout à fait moi. Oui, peut-être est-ce moi qui me manque le plus.

Jeanne m'a demandé pourquoi je ne riais jamais.

« Je ris, voyons, je ris, chérie !

– Non, tu ne ris jamais. »

Et sur ce elle est repartie en chantant.

J'ai pensé alors à une réflexion d'Olga enfant que tu m'as rapportée bien après ma dépression. Elle t'avait demandé : « Avant, papa, quand tu l'as connu, il riait quelquefois ? » Voilà, pour ma fille comme pour ma petite-fille, je suis celui qui ne rit jamais. Le veuf, l'inconsolable… je ne sais pas si je riais hier, si je ris aujourd'hui, ou si je rirai demain, ce que je sais c'est que durant ma dépression je me suis efforcé, entre deux sanglots, de vous faire rire, Olga et toi. Et à défaut, si je n'y arrivais pas, je tentais de faire rire mon psy. Et c'est vrai, maintenant je ne ris plus, et je ne fais plus rire personne.

L'oubli

Depuis cinquante ans et plus que je traficote à la périphérie du devoir de mémoire, j'ai appris que si je voulais survivre ou même simplement continuer à vivre, il me fallait parallèlement apprendre à traficoter à la périphérie du besoin d'oubli.

Revivre, se souvenir à chaque instant de l'horreur du monde interdit toute vie sur terre. Ainsi, lorsque je me balade, boitillant bas, canne en main, sous le pâle soleil d'hiver, il m'arrive de me surprendre chantonnant. Horreur ! Au lieu d'en avoir honte, de m'indigner, je dois m'en réjouir. L'oubli, l'oubli momentané, permet à la mémoire de persévérer.

Pour me souvenir de toi, de nous, je dois accepter cet oubli, sinon il me faut franchir le pas, le petit pas qui me sépare encore de toi. Te rejoindre, aujourd'hui, ou demain, marquera la fin du devoir de mémoire que je reconnais te devoir.

Rêve du papier à ne pas jeter

Tu ne venais plus depuis longtemps, et tu as choisi, fort judicieusement, de nous rejoindre, Olga et moi, dans cette petite ville du Jura de cinq mille âmes, située en pleine campagne verdoyante, où nous faisions un saut de puce, elle et moi, pour répondre à l'invitation amicale d'une librairie associative.

Olga y a lu magnifiquement et sobrement les cinq premiers chapitres du conte. Il y eut ensuite débat, échange amical plutôt, avec les auditeurs et lecteurs, tous très émus. Olga et moi pensions très fort à toi, sachant à quel point cette soirée, cette ville, ces habitants t'auraient plu, ainsi que la gentillesse et la simplicité des libraires. Et qui sait, peut-être, sans doute, comme d'habitude, aurais-tu éprouvé le désir d'acquérir une maison dans cette ville à la campagne afin d'y abriter nos vieux jours ?

La nuit venue, couché dans l'immense et splendide chambre du gîte nous accueillant – Olga étant dans une autre chambre tout aussi spacieuse et tout aussi somptueusement meublée –, tu es entrée sans que je m'y attende. Tu ne m'as pas rejoint dans le grand lit offert, comme j'étais en droit de l'espérer. D'ailleurs je n'y étais plus, j'étais dans une autre chambre, plus inconnue encore que celle où j'étais censé dormir, une chambre gigantesque aussi, mais curieusement dépourvue de lit et dotée à la place d'une table énorme sur laquelle j'étais plongé, assis en tailleur, dans un tas de paperasses que je devais sans doute trier et classer.

Tu m'as crié, en traversant, comme le fait une mère à son enfant sans même lui lancer un coup d'œil : « Ne jette rien sans me montrer ! » Puis, sans ralentir ni t'arrêter le moins du monde, tu es sortie, impériale, par une autre porte, avec Olga sur tes talons, sérieuse comme un pape, elle aussi. Elle te collait aux basques, se tenant bien droite, en habits du dimanche. C'est alors que votre ressemblance m'a frappé. Elle avait dix ans à peine, et tu semblais être, toi, dans ta quarantaine rugissante et resplendissante. Vous partagiez le même feu, la même énergie.

Moi, prostré, comme noyé, englouti par la masse débordante de vieux papiers, brouillons sans doute, de textes interrompus, inachevés, ou pire encore, des restes de toute la paperasserie administrative liée à ta disparition. En vous voyant passer ainsi toutes deux comme animées par une urgence, votre énergie quasi militaire m'a très fort fait penser à la toute-puissance féminine et à ma toute-faiblesse masculine.

Dernières nouvelles du front

La Plus Précieuse se vend comme petits pains au cumin. Tout le monde n'en veut qui pour lire, qui pour offrir, qui pour en faire un spectacle, un film, une revue. Le reste de mon répertoire s'en ressentira-t-il ? Se répandra-t-il sur l'Hexagone avant d'émigrer vers les pays proches ou lointains ? Je ne sais, et pour tout te dire, je m'en fous, puisque tu n'es plus là pour partager ce qui devrait être notre joie commune. Le pain de deuil se mange seul et se mâche longtemps tant il est dur à déglutir.

Le monde entier veut m'inviter, du Brésil jusqu'à l'Asie du Sud-Est. On me propose de faire le tour des lycées français de l'hémisphère Sud, là où je ne vais jamais. Hélas, la moitié de moi qui aimait voyager est partie et a laissé seule la moitié qui hait les voyages. Je pense à ton désir de Japon. *La Plus Précieuse* va sortir en japonais. Nous aurions pu, turlututête turlututu nous aurions pu lanturlu… Je vais juste tenter de me rendre dans quelques lycées et collèges de la région parisienne.

Oui, nous aurions pu passer nos vieux jours de reste à nous jeter d'un continent à l'autre comme tu le souhaitais. Je ne l'aurais pas fait par plaisir, certes, mais pour te faire plaisir, comme j'ai toujours fait. Te suivre, te suivre, t'accompagner, te regarder t'extasier face aux paysages, aux villes, au ciel, à la mer. Tout, toute la beauté du monde te transportait, te bouleversait. Tu magnifiais de ton regard la création tout entière. Et moi, je m'extasiais de te voir t'extasier.

S'il y a là-haut ou ailleurs un organisateur de coups fourrés, il peut se dire qu'il a réussi son coup : m'offrir le monde sur un plateau d'argent et m'arracher la seule raison de vouloir y goûter.

Le réveil sonne

Le réveil sonne, j'ouvre l'œil, tu es là, merveille ! Assise de ton côté au bord du lit. Tu t'octroies un petit délai entre couchée et debout. Le dos droit, mains posées sur tes cuisses. Je ne te vois pas car je te tourne le dos, et tu me tournes le dos aussi. Je ne te vois pas mais je te devine. Je devine tes cuisses, tes belles mains bien à plat. Je devine ta courte chemise de nuit en pilou brodé. Tu croises tes bras, tes mains saisissent le bas de ta nuisette, et d'un seul coup d'un seul, avec la grâce d'une jeune octogénaire, tu la fais voleter au-dessus de ta tête avant de la laisser choir auprès de ton oreiller. Tu as trop chaud, sans doute, à cause de tes bouffées. Moi j'ai trop froid, à cause de je ne sais quoi. Je veux toucher ton dos chaud du bout de mes doigts froids. Tu frissonnes, tu secoues la tête, tes épaules tremblotent gaiement.

Combien de fois, combien de fois t'ai-je ainsi touché la nuque du bout de mes doigts, combien de fois as-tu ainsi secoué la tête, combien de fois, malgré tout, malgré toi, malgré moi, j'ai caressé ton dos, combien de fois as-tu frissonné comme pour me signifier que ce n'est pas le moment, que tu dois d'abord t'occuper des choses pressantes, importantes, essentielles : te lever, enfiler ta robe de chambre, d'été ou d'hiver selon la saison, gagner le salon où t'attend, posé sur le tabouret noir depuis la veille au soir, le paquet, l'épouvantable paquet illustré de photos horribilis ridiculous, le paquet d'où tu tireras délicatement ta première cigarette du jour. La seule, disais-tu, la seule qui vaille vraiment. Combien de fois mes doigts sur ta nuque...

Je ne savais pas, hélas, je ne savais pas que je vivais là mes instants les plus chauds, à m'en brûler les doigts.

Je me tourne enfin vers toi, mes doigts se tendent comme malgré moi, tu n'es pas là. Fumerais-tu déjà dans le salon ? Ou serais-tu déjà dans la cuisine à tirer sur ta seconde cigarette ? Tu vois, ma belle, plus besoin de rêver, le temps des hallucinations matinales post-maritales est advenu. Je remonte draps et couvertures et je m'enfouis dessous afin d'attendre que mon cœur se calme, que mes doigts se réchauffent. Qui sait, peut-être attendre ton retour, une fois que tu auras fini ton premier paquet ? Le réveil sonne toujours, la chambre sent le tabac froid. Puis du bout de mes doigts caresseurs, j'écrase rageusement son bouton. Ta gueule ! Pour qui carillonnes-tu carillonneur de malheur ? Tout mon temps est derrière moi. Ma peau de chagrin rétrécit à vue d'œil. Je n'ai plus aucune raison de me lever le matin.

Padam padam padam

Juste avant les infos de minuit, assis dans sa cuisine déserte, le petit vieux, veuf, seul et désolé, sirote son tilleul du soir en attendant les infos de minuit sans impatience. Il n'est ni bien ni mal, plutôt plus mal que plus bien… soudain, *Les Feuilles mortes*, Montand. Il ne dit pas, il ne chante pas, il articule simplement les paroles de Prévert sur la musique de Kosma. *Les Feuilles mortes*, Montand, « Les souvenirs et les regrets aussi… »

Qu'est-ce que c'est que ce truc qui fait qu'une chanson, une voix – celle de Montand d'accord, mais ce n'est quand même qu'une voix – révèle en toi, sans prévenir, ce que tu éprouves et ne peux pas dire ? Et surtout écrire ce que le veuf, l'inconsolé, ne peut même pas se chuchoter le soir au creux de son oreiller dans le silence de la nuit.

Comment une chansonnette composée entre la poire et le fromage par Prévert et Kosma, sans émotion particulière, sur une table de restaurant, pour figurer dans un film de Carné et Prévert, comment

voilà en 2020 Jacqueline chérie. » C'est là que je me suis mis à larmicher, sans sangloter, sans gémir, sans même me plaindre, juste larmicher en pensant à toi et à l'année 2020 qui succède à 2019. Chez mon frère je m'étais plaint de cette année 2019. Il m'avait dit que jeunes nous ne comptions pas atteindre l'an 2000, et il avait ajouté : « Nous n'aurions même pas dû atteindre l'an 44. Nous sommes des survivants. Soyons heureux d'être toujours là en 2020. »

Oui nous sommes des survivants, et toi, tu restes ma survivante préférée.

J'ai reçu une carte de vœux de Robert, l'Écossais, tu sais, rencontré à la terrasse du café Tournon un soir d'été, il y a de cela quelques années. Toi et moi nous mangions face à face, aux côtés de ce Robert qui mangeait seul, un livre posé sur sa table. Je me suis penché pour essayer d'en lire le titre. Je t'ai fait signe que je n'y arrivais pas, que je n'y voyais pas assez. Tu as jeté à ton tour un œil et tu m'as chuchoté : « Joseph Roth. » Et on fut tous les deux, soudain, très excités. Je me suis alors adressé à notre voisin, dîneur-lecteur solitaire, et je lui ai demandé s'il savait qu'il dînait à la terrasse du café-hôtel Tournon, là même où Joseph Roth était décédé en 1939. Il parlait très mal le français, et toi et moi encore plus mal l'anglais. Pourtant nous avons fini par nous comprendre : bien sûr, il dînait là pour honorer la mémoire de Joseph Roth.

Il se trouve que Joseph Roth est mon écrivain préféré. Peut-être parce qu'il est né à Brody, en

Autriche-Hongrie à l'époque de sa naissance, comme les parents de ma chère maman. Joseph Roth devint également un de tes écrivains préférés, peut-être parce qu'il était le mien. Ainsi, avec Robert, à travers Joseph Roth, nous sommes devenus amis. On a beaucoup causé en franglais de cuisine, puis de littérature et d'autres détails, des plaies et des malheurs humains. Au fil des ans il a progressé en français, et nous pas du tout en anglais.

J'ai reçu une carte de Robert, une carte de vœux, sur sa carte il dit tout ce que je tente de te dire depuis des mois d'une main pesante, avec trop de mots, trop de mots lourdingues. Je le cite, pour ton information et celle des puissances occultes et supérieures qui en ce jour de nouvel an doivent se presser autour de toi : « Au minuit à la nouvelle an je penserai de toi et de Jacqueline, sa beauté du visage et du caractère. »

« Sa beauté du visage et du caractère… » Merde, voilà que je larmiche encore, décidément, l'an 2020 s'avère très pluvieux pour moi sans toi.

Mon souvenir le plus doux

Mon souvenir le plus doux, celui que j'aimerais garder en moi jusqu'à ce que crépitent les dernières flammes de ma crémation, ce sont mes mains caressant ton bras reposant sur le drap blanc de ce lit d'emprunt, dans cette chambre d'hôpital où l'on ne soigne plus mais où l'on calme, avec douceur et compétence, la douleur et les angoisses des patients et de leurs familles.

Je suis assis à ton chevet, tout près de toi, c'est le matin, nous sommes seuls, et je caresse ton avant-bras lentement, gravement, passionnément, comme si tout le sort du monde en dépendait, tout en murmurant à ton oreille que je t'aimerai et t'aimerai toujours et toujours.

Les mots que je n'ai pas su, ou pas pu, te dire, je te les dis pour que tu les emportes avec toi. Ces mots ne sortent pas de ma bouche, ils vont droit de mon cœur à ton cœur. Oui oui, le ridicule ne me fait plus peur, j'utilise librement tous ces mots honnis : cœur, âme, amour, toujours. Comme je voudrais que tu puisses encore en rire avec moi ! Tout en les gardant gravés en toi pour l'éternité. Je t'aime et t'aimerai toujours. Je te le dis et te le redis, tandis que mes mains caressent et recaressent ton bras. Ton autre bras, garni de fins tuyaux de couleur, témoigne qu'ici on te nourrit exclusivement de morphine et d'oxygène pour que tu ne manques de rien.

Je scrute ton visage, j'ai la sensation que tu m'entends, que tu me comprends, et même que ton avant-bras se plaît à être ainsi pétri. Cependant tu restes impassible. Seule ta lèvre supérieure pince légèrement ta lèvre inférieure, donnant ainsi à ton visage un parfum d'enfance confuse et fière. Je te dis, je te redis mon amour, tout en te caressant. Tes lèvres se pincent davantage comme si tu retenais un sourire. Ton visage de petite fille illumine la chambre d'un éclat de jeunesse.

Tes yeux ne me regardent pas, ils fixent loin en toi, tout en dedans de toi. Peut-être nous revois-tu enlacés, bouche contre bouche, dans un coin de porte du côté de la rue Blanche, il y a de cela bien plus d'un demi-siècle, presque soixante ans, près du Théâtre de Paris où tu venais me chercher tous les soirs ? Ou alors, plus prosaïquement, nous revois-tu collés l'un dans l'autre, couchés dans notre lit défait ? Je caresse ton bras, encore et encore, et le caresse encore en écrivant ces mots, puis en les relisant. Une douceur frissonnante m'enveloppe, m'envahit.

Et nous voilà de nouveau, ma belle, unis dans cette bulle d'amour. Nous y sommes seuls au monde. Olga, Rosette, tous les autres, fidèles et aimants, ne sont pas encore là. Cet instant nous appartient. Je scrute et scrute ton visage, ta bouche qui se pince encore comme pour me dire que tu apprécies, toi aussi, ces minutes d'éternité. Je caresse ton avant-bras, j'y dépose même un baiser du bout du bout de mes lèvres, et je sens alors ta chaleur réchauffer mon âme glacée, comme si le malade, le presque déjà froid, c'était moi, et que toi, de ton lit d'hôpital, comme toujours, tu tentes de me redonner vie.

Malgré tout je m'inquiète : es-tu encore avec moi ? Déchiffres-tu mon murmure ? Ressens-tu mes caresses ? Le sourire enfantin qui illumine ton visage éclaire ta beauté. Tes lèvres se serrent davantage encore, comme si tu retenais un cri d'amour, ou de désespoir, ou bien peut-être retiens-tu le reproche que tu serais en droit de m'adresser pour te laisser ainsi partir seule, sans rien faire pour t'accompagner ou t'empêcher de partir.

Pendant ces deux dernières années, celles de nos cancers respectifs, j'étais toujours avec toi, t'accompagnant à l'hôpital Montsouris, l'hôpital que tu préfères parce qu'il est situé près du plus beau parc de Paris, un parc comme à Londres, disais-tu en le contemplant et en le traversant à mon bras aux beaux jours. Mais dès que tu arrivais face à l'hôpital, à peine sortie du taxi, tu perdais tous tes moyens. Toi qui en toutes circonstances – en voyage, à Paris, en vacances, dans tes affaires ou dans les miennes – tenais toujours la barre d'une main ferme, quels que soient les difficultés, les vents contraires ou l'absence totale de vent, dès le hall, tu te cramponnais à mon bras, affolée, et tu me répétais que si je n'étais pas là tu serais perdue.

Moi tu vois, je suis là près de toi, et je ne peux rien pour toi, et je ne peux rien pour moi, je ne peux qu'avoir honte. Tous les visiteurs dans cet hôpital final ont honte. Ils vont et viennent dans les couloirs, yeux baissés, la honte au front. Moi, pour toi, je ne peux que caresser et recaresser ton avant-bras comme si le sort du monde en dépendait.

C'est à Montsouris que pendant des mois et des mois on a recherché si oui ou non tu avais un cancer du poumon, perdant ainsi des mois et des mois, tandis que la tumeur, elle, grossissait et grossissait, ce qui transforma la petite incision prévue en une opération maousse avec ablation d'une partie de ton poumon, tout en te déclarant que tu avais de la chance que l'autre ne soit pas pris. Après cette tumeur ôtée, avec quelques autres petits trucs qualifiés d'inutiles, cette même tumeur ôtée migra clandestinement – toujours les émigrants clandestins – vers ton foie, alors qu'à Montsouris, et même à Curie, on surveillait comme le lait sur le feu ton poumon restant et ton cerveau. La tumeur, elle, s'épanouissait à bas bruit sur ton foie qu'elle avait colonisé. Et lorsqu'on découvrit le pourquoi du comment de tes douleurs : on vit une tumeur si grosse, si prospère, qu'il ne restait plus rien à faire sinon à te trouver un lit dans cet hôpital final où l'on entre sans espoir et d'où l'on sort froid les pieds devant.

Dans cet hôpital terminus, tout un chacun – le personnel, les employés – connaît son rôle sur le bout des doigts ; chacun chacune le joue, modestement, mais à la perfection ; le patient lui-même pressent quel est son rôle et le joue, le mieux qu'il peut. Il n'y a que la famille et les visiteurs qui ne connaissent absolument pas leur rôle. Ils ne savent pas ce qu'ils souhaitent : que cela dure le moins longtemps possible afin que tu ne souffres pas, ou au contraire que cela dure le plus longtemps possible afin de ne pas te perdre ?

Dès le premier jour, avec Olga, nous avions demandé à la doctoresse combien de temps. Elle nous avait répondu très précisément : entre cinq jours et trois semaines. Tu es partie le sixième jour – le 4 mai. Le destin, s'il existe, écrit lui aussi des pièces avec fin médiocre, à moins qu'il n'ait voulu faire un sort à ce 4 mai en lui laissant boucler le cycle de la vie, de la naissance à la mort.

Les perles

C'est un autre moment, toujours à Montsouris, un moment qui aurait dû aussi nous faire rire et pleurer et dont, hélas, nous n'avons pas eu le loisir de discuter avant ton départ inopiné. Tu revenais de ta biopsie du foie qui t'avait fait horriblement souffrir, au point que tu en avais crié de douleur. On te ramenait dans ta chambre, je t'y attendais. Tu es arrivée dans une rage noire. Tu m'as dit que le médecin qui avait pratiqué cette biopsie était un jean-foutre, un salopard, un incapable. À peine fini, il t'avait laissée, hurlante de douleur, et il était parti presque en courant, sans même un geste ni un mot de réconfort. Tu souffrais encore et surtout tu craignais que la biopsie ne fût loupée, inutilisable, et sous aucun prétexte tu ne voulais y repasser. Tu me demandas alors de te sortir de cet hôpital pourri. Et puis soudain tu t'es redressée sur ton lit, d'un seul geste, comme une jeune fille le ferait. Une fois assise, après avoir arrangé ton oreiller, tu m'as dit d'une voix de colonel de l'Armée rouge :

« Mes boucles !

– Pardon ?

– Mes boucles d'oreilles !

– Tes quoi ?

– Mes perles ! Je n'ai pas mis mes perles ce matin.

– Tes perles ?

– Tu ne crois quand même pas que je vais rester toute la journée sans mes perles ! »

Je t'ai tendu lesdites perles, minuscules, qui traînaient sur ta table de nuit. D'un geste de petite fille, coquette cette fois, tu les as vissées, une à une, à chacune de tes oreilles. Puis, après t'être passé les doigts dans les cheveux, tu as vérifié dans ton miroir de poudrier l'état de ta beauté. Et tu t'es installée, impériale, prête à recevoir le petit personnel de Montsouris. Voilà, c'est de toi ce jour-là, de toi régnante, impériale, que je veux me souvenir. De ta beauté, de ta souplesse, de ta force de femme, de ton courage devant l'inéluctable que je veux me souvenir aussi.

En fait je ne veux pas me souvenir de toi, c'est avec toi, tout toi, que je veux vivre, vivre éternellement, comme nous l'avions cru possible tous les deux pendant ces presque soixante ans.

Deuil pour deuil

Le pain de deuil se mange seul et se mâche longuement tant il est dur à déglutir.

Lors de notre rencontre je connaissais si peu la vie qu'il fallut que tu m'apprennes à me conduire en humain parmi les humains. À l'heure de ton départ, il y a déjà de cela huit mois – huit mois déjà ? Comment peut-on vivre des jours si longs dans des mois si courts ? Qu'importe –, quand tu nous as quittés, je me suis aperçu que je ne savais quasiment rien de la mort. Au début, dans mon ignorance, j'ai cru que ce que je ressentais, cette horrible impression d'absence permanente, allait s'estomper au fil des jours et des mois, trop longs ou trop courts. Mais plus les jours succédaient aux jours, les mois aux mois, plus ton absence devenait omniprésente. Serait-ce que l'absence masque le mot mort, et que ce mot mort lui-même ne sert qu'à camoufler la preuve implacable et impalpable de ton absence sans fin ?

Pourtant, pour toi comme pour moi, la mort fut présente à nos côtés dès notre berceau, et pour nos proches également, sous des noms d'emprunt : raflés, internés, déportés, sélectionnés, disparus. Après quelques luttes paperassières, Suzanne, ma mère, obtint enfin de l'état civil le mot magique : « Décédé », accompagné de cette restriction en pleins et déliés, stipulant que Zacharie Grumberg aurait eu droit, s'il avait été de nationalité française, à la mention « Mort pour la France ». Si ma tante en avait on l'appellerait mon oncle...

Zacharie, ce père inconnu, apatride, ex-Roumain, presque français, décéda loin des yeux, loin des cœurs, ainsi que son propre père, Naphtali, encore plus apatride et encore plus inconnu de son petit-fils. Tous deux appartiennent à la masse des six millions dont je n'ai pas pu, pas su, ou pas voulu les extraire pour leur conférer une identité et une histoire personnelle.

Suzanne, elle, après avoir obtenu l'inscription sur son livret de famille du mot « décédé » – à Drancy soit, mais qu'importe, « décédé » – considéra qu'elle avait gagné quelque chose, pas la guerre bien sûr, mais au moins une bataille, et que désormais elle pouvait faire graver avant son nom de femme mariée : « Suzanne veuve Grumberg, née Hatz ». Hatz avec un H. Tout le reste de sa famille, père, mère, frères, sœurs, se nommant Katz avec un K, ainsi vécut-elle toute sa vie sous un faux nom. Enfin, désormais, elle était « Suzanne veuve Grumberg », et cela lui paraissait plus respectable, plus digne à porter comme nom de mère de deux enfants, tous deux détenteurs du certificat d'études primaires et élevés au grade mirifique de « Pupilles de la nation ». Fermez le ban.

Suzanne, veuve Grumberg, décéda un mardi après-midi vers cinq heures. Tous les mardis après-midi j'allais la voir dans sa maison de retraite des bords de Marne. Maxime, lui, venait le mercredi, ou le jeudi, ou même parfois le vendredi, moi c'était le mardi et le dimanche, avec toi et Olga, et parfois un autre jour, seul ou avec Maxime.

Mais ce mardi-là j'avais obtenu un rendez-vous d'ophtalmo à la MGEN. Maxime proposa de me remplacer. J'étais donc, vers quatre cinq heures, à la MGEN, et comme je dilate mal, disons lentement, on inocula dans mes deux yeux – j'avais encore mes deux yeux – six bouteilles de collyre dilatant. Petite précision : je dé-dilate encore plus lentement que je ne dilate. Donc j'étais dilaté, c'est-à-dire que je n'y voyais plus rien, et je restais assis dans la salle d'attente à attendre, m'étonnant, cependant, de devoir, une fois dilaté, attendre encore. Enfin l'ophtalmo parut, me fit entrer dans son cabinet et asseoir sur le tabouret d'examen, sans s'asseoir lui-même face à moi. Là, il me tint à peu près ce langage : « Je ne vais pas pouvoir vous examiner. » J'allais protester, m'insurger, il me fit taire d'un geste. « Votre femme a appelé, il faut que vous la rappeliez. » Je composai alors en tâtonnant le numéro de l'atelier. Ce fut toi qui décrochas et ce fut donc toi qui m'annonças que Maxime t'avait parlé, ne sachant où me trouver.

Il était arrivé un peu avant cinq heures. Voyant qu'il faisait encore beau et clair, il avait proposé de sortir faire un tour dans le jardin. Elle avait protesté, râlé : « Tu viens trop tard, la nuit va tomber. » Maxime l'avait aidée à enfiler la première manche de son paletot, puis, quand elle avait levé le bras pour enfiler l'autre, elle s'écroula.

Et je n'étais pas là.

Quelques années avant, nous avions eu toi et moi la joie d'avoir une petite fille, Nadia, qu'une employée zélée d'état civil, toujours lui, voulait absolument nommer Nadine. Je lui dis poliment, mais fermement, que sa mère et moi-même, son père, voulions que cette enfant se prénomme Nadia. Nadine, répéta-t-elle, dans un grand sourire.

Après deux trois allers et retours courtois, je l'envoie se faire faire, vite fait, une petite fille qu'elle pourra nommer Nadine si elle veut, mais la nôtre s'appellera Nadia.

Nadia s'étouffa dans son sommeil à l'âge de cinq mois.

Et je n'étais pas là.

Nous étions, Paul, Lulu et moi, partis en Bretagne chercher une maison à louer pour le mois d'août. Ce fut toi qui découvris la petite gisant dans son lit, et ce fut toi qui dus courir, la portant dans tes bras, cherchant du secours, désespérée, dans ce petit matin désertique et froid.

Je n'ai donc acquis aucune expérience en matière de trépas, sinon une expérience livresque. Pour me rassurer certains de mes amis m'affirment qu'il n'est nul besoin de connaître quoi que ce soit pour mourir à son tour. J'en accepte l'augure, cependant je préférerais comme d'habitude ne pas être présent lors de ma propre fin.

Toi-même tu es partie à 23 h 20, ce 4 mai 2019, jour anniversaire de la naissance d'Olga. Tu t'étais endormie calmement vers 21 h 30 et nous étions tous partis. À 23 h 20, nous étions chez Pascal et Caro, devant un semblant de gâteau d'anniversaire pour ne pas désespérer Jeanne, qui aime tant les anniversaires et aussi les gâteaux, quand le téléphone a sonné pour nous dire que tu t'étais éteinte dans ton sommeil.

Et je n'étais pas là.

Rassure-toi, ami inconnu, où que tu sois, dès lors que l'être aimé s'en va, tu ne seras jamais plus au bon endroit, quoi que tu fasses, quoi que tu dises ou ne diras pas, tu t'en voudras. Dans les livres, les films, les poèmes, les chansons, les récits, celui qui reste recueille sur les lèvres de l'être aimé ses précieuses dernières paroles murmurées : « Je meurs sans haine en moi pour le peuple allemand… et je te dis de vivre et d'avoir un enfant », Manouchian. Et Maurice Feld, ton cousin fusillé à dix-sept ans, qui écrit de la prison de la Santé, le 22 août 1942, à sa sœur elle-même emprisonnée : « Quand tu liras cette lettre je ne serai plus de ce monde. Je comprends la douleur que ma mort te causera et surtout pour notre pauvre mère. J'aimerais savoir si tu as eu un garçon ou unc fille mais je suis sûr que ton enfant sera un bel enfant. » L'enfant, une petite fille, mourra en prison elle aussi. Aujourd'hui, à quatre-vingts ans passés, que peut dire celui qui part à celui qui reste et que peut dire celui qui reste à celle qui est partie ? À bientôt ?

Tu ne vas pas le croire

Tu ne vas pas le croire, depuis ton départ, je cohabite à la maison, chez nous, oui oui, avec un vieux débris qui n'a que sa prostate en tête et son arthrose de hanche à la bouche. À sa décharge, si je puis dire, il faut reconnaître que ladite prostate n'est pas ce que le créateur divin a fait de mieux, question localisation, fonction, etc. Enfin, pour clore ce dossier prostatique, on sait désormais, c'est scientifiquement prouvé, si si, que les femmes n'en ont pas et qu'elles s'en passent très bien sans que cela nuise le moins du monde ni à leur beauté, ni à leur santé. En ces temps de parité ça fait désordre, non ? À qui s'en plaindre ? Personne. Le divin créateur de toutes choses, toutes, y compris donc de cette prostate exclusivement masculine, n'a pas, dans sa sagesse, créé de service après-vente, ni même le moindre bureau de réclamations. Pas folle la guêpe ! Passons. Revenons au vieux rabougri du fondement. Je ne le supporte pas, d'autant moins depuis qu'il prétend avoir lui-même perdu récemment un être cher, très cher. Il me porte sur les nerfs. En plus, il se prend pour un je-ne-sais-qui, ou je-ne-sais-quoi, sous prétexte d'un succès de librairie inattendu, tardif, et sans doute immérité.

Il reste vautré dans un fauteuil des après-midi entières, et dès que je désire un peu de calme et de silence pour penser à quelque chose d'un peu agréable – à toi par exemple –, il se met immédiatement à se plaindre, à gémir, à renifler, tout en se traînant d'un fauteuil à l'autre, sa canne à la main. Oui oui oui, depuis peu – c'est nouveau ça vient de sortir – il se balade avec une canne, pour faire genre sans doute.

Quand je le croise, œil dans l'œil, dans le miroir de la penderie, je dois me retenir de lui cracher à la gueule, de le couvrir de merde. Qu'est-ce que tu fous là ? Qu'est-ce que tu fous encore là, conard ? Qu'est-ce que t'attends ? Qu'est-ce que t'espères encore ? Il ne répond rien ce débris. Il tourne la tête et va se planquer dans la cuisine. Je hais les vieux autant et plus que j'ai haï les jeunes, avant de te connaître.

Enfin, pour me consoler, je me dis que ça ne peut plus durer très longtemps, vu sa prostate de nouveau raplaplate qui le pousse à consulter bon nombre de spécialistes ès doigt dans le cul, qui vont immanquablement finir par lui glisser dans le colbac une bonne rasade journalière d'hormones féminines. Si bien qu'à terme, et je m'en réjouis, il va se retrouver avec un colibri riquiqui dans le falzar et deux gros seins pendants comme Napoléon à Sainte-Hélène, au dire des légistes anglais.

Hitler, lui, dans son bunker, au dire des Russes, n'avait plus qu'une seule couille, minuscule d'ailleurs. Il devait, toujours selon les médecins russes, pour parvenir à prendre son pied, pisser sur la gueule d'Eva, ou même, dans celle de sa chienne Blondie. Je sais, je sais, chérie, tu me trouves rancuneux et tu as raison. Mais que veux-tu, c'est mon caractère, c'est plus fort que moi, tu sais que je n'ai jamais pu piffer Napoléon. Quant à Hitler, un témoin oculaire, pas russe mais SS, donc digne de foi, affirme en 1945 qu'il avait vu briller une larme dans l'un des yeux bleu gazeux du Führer lorsque celui-ci fut contraint par les juifs, qui, tout le monde le sait, n'aiment pas les bêtes, de tirer une balle dans la tête de Blondie, sa chienne bien-aimée. Ça, les Russes et les Américains ne l'ont jamais dit, leur plan étant de cacher aux humains qu'Hitler fut lui-même un humain.

Pardon, tu as raison, cessons de chatouiller le passé, épluchons plutôt l'oignon nouveau, ce vieux débris pourri qui couche dans notre lit. Là, tu ne vas vraiment pas me croire, et j'ai du mal à te le dire, ce vieillard sénile se masturbe, oui oui oui, se branle si tu préfères, et ce vieux dégueulasse veut me faire croire qu'il fait ça pour honorer ta mémoire et te rendre hommage. C'est à pleurer non ? Surtout qu'il n'arrive à rien vu l'état de ses glandes et de son gland.

Manège

Je me traîne, je me sens mal, je tangue. Je ne suis plus chair et os, je suis tas de sable. Et ma jambe me fait de plus en plus mal…

Ma jambe me fait mal
Boute selle boute selle
Ma jambe me fait mal
Boute selle à mon cheval.

C'est Olga qui nous chantait ça en rentrant de l'école, nous adorions « Ma jambe me fait mal ». Et maintenant ma jambe me fait mal. Pour tout te dire, j'ai même pris rendez-vous chez le toubib. Il a changé de local, son nouveau cabinet, moins luxueux, toujours rue de Sèvres, fait face au petit square juste devant le Bon Marché. Comme il y a du soleil et que je suis en avance, je pose mon cul sur un banc en descendant du taxi, tout près du manège. Olga m'appelle. On parle maladie, malaise, fièvre, et à la fin je lui dis que je suis assis au soleil, près du manège, dans le square où nous allions, Jacqueline, Olga et... Elle me coupe alors et me dit : « Non, pas Olga, Jeanne. Où vous alliez, Jacqueline, Jeanne et toi. » J'approuve et je me mets à chialer.

Je suis un gros pâté de sable qui s'effrite au soleil d'hiver, un pâté mal démoulé qui se tasse en pleurant au moindre mouvement de sa mémoire. Je nous vois, toi et moi, assis côte à côte, faisant des signes de main à notre petite pilote d'hélicoptère, et je me dis avec regret que si j'avais su, si nous avions su, toi et moi, que nous étions si près de la fin, j'aurais dégusté chaque seconde davantage encore, chaque instant d'attente immobile passé à tes côtés. J'aurais attendu avec encore plus de bonheur. Et puis non, réflexion faite, non. J'aurais, nous aurions été tétanisés par la trouille, pétris d'angoisse, incapables de prendre le moindre petit bonheur, le moindre petit plaisir, si modeste qu'il fût. L'ignorance de ta fin prochaine, au contraire, nous a permis de goûter ces derniers mois, entre ta première tumeur pulmonaire et sa récidive au foie. Ces mois, ces mois-là, furent les plus précieux, les plus intenses que j'ai eu l'occasion de vivre à tes côtés.

Puis je monte chez le toubib. Il me demande ce qui m'amène.

« Docteur, j'ai l'impression d'avoir 80 berges, et en prime d'avoir perdu ma femme. »

Il me colle alors une analyse de sang. J'ignorais que les tas de sable possédaient un système sanguin, un cœur et tout le tralala, je pensais qu'ils n'étaient dotés que d'une mémoire douloureuse qui fait pleurer les vieux dans les squares, entre bac à sable et manège.

Et si

Et si, ma belle, ma tendre, ma douce, si nos enfants, petits-enfants, arrière-petits-enfants, et même leurs propres enfants, doivent par malheur vivre, trois fois hélas, dans le monde que nous leur laissons, choisir entre la soif et la faim, l'air irrespirable et l'eau croupie, le raz-de-marée et la sécheresse sans fin, ils choisiront, j'en suis sûr, de se blottir au fond des grottes et des cavernes, ou de se réfugier dans les ruines de nos villes, et là, à leur tour, ils vivront leurs histoires d'amour, de solidarité, d'entraide, d'amitié et de rêves partagés. Oui oui oui ! Ils aimeront dans les ruines, s'entraideront dans les grottes, et débattront jusqu'à l'ivresse des remèdes à trouver pour sauver leur planète. Et même, qui sait, écriront-ils des livres ? Des livres admirables. Plus le sort est cruel, plus les livres sont beaux. Des livres que personne, chérie, personne bien entendu ne voudra lire.

Et si, et si, à la fin des fins, ils doivent – à Dieu ne plaise ! – vivre en direct la fin de l'humain sur terre, si nos livres justement, nos livres, nos tableaux, nos disques, nos films, redeviennent poussière sous leurs yeux, poussière oui, et si les vêtements que tu conçus, créas, avec amour et tant de soin, et si même ceux qui te frôlèrent, tous ces vêtements choisis, gardés, portés, conservés pendant des décennies, finissent guenilles, chiffons, juste bons à boucher les trous des murs détruits de nos villes meurtries, si rien de ce que nous avons édifié, construit et protégé durant des siècles, si rien n'en doit rester, qu'importe. Il y aura derrière ce rien gigantesque tout ce que les hommes ont créé, écrit, rêvé, depuis l'aube de l'humanité pour célébrer l'amour et la fraternité.

Et si, et si, à la fin des fins des fins, il ne reste plus rien d'humain sur la terre comme aux cieux, qu'importe encore. Les tigres, les gorilles, les grenouilles, les souris, ou même les rats ou les fourmis relèveront le flambeau de l'avenir radieux et du monde meilleur. Et si, et si, ma belle, ma tendre, ma douce, et s'il n'y a rien, plus rien de rien, qui sera là pour pleurer sur ce rien-là ?

Je te quitte ma si précieuse, mon âme, mon amante, ma moitié de pamplemousse – le jus d'oranges me donne des aigreurs d'estomac, tu le sais –, je te quitte car il est temps. Ta poussière attend ma poussière. Nous nous retrouverons poussière à Montparnasse, unis, rassemblés comme au premier jour de notre amour.

Sur ce, musique flonflons et tralala.

Par une chaude nuit d'été
une voix grave interroge l'obscurité

« Jean-Claude tu dors ?

– Je dors, chérie.

– J'ai lu.

– Quoi ? T'as lu ? Alors ?

– Trop long.

– Trop long ? ! T'as lu d'une traite, ça ne se lit pas d'une traite, voyons, ça se…

– Tu te disperses, tu t'éparpilles, tu t'étales, tu te répètes, tu te complais.

– C'est que je ne réussis pas à serrer assez fort nos deux cœurs dans nos soixante années de bonheur pour glisser le tout dans ce petit calepin noir à élastique que tu m'as offert, il y a perpète, pour que j'y note la moindre connerie qui me passe par la tête.

– Ça aussi c'est long.

– T'inquèquète don pas poulette, la deuxième partie sera deux fois plus courte, et même deux fois moins longue, et la troisième trois fois plus circoncise. Et si tu trouves ça encore trop long, t'auras qu'à arracher les pages par poignées. Si si, n'hésite surtout pas, tu connais l'histoire, y a pas d'histoire, "l'amur, toujours l'amur", même pas de quoi gratter un épisode pour le service public, plus belle la vie, plus moche la mort. Et puis, tu le sais toi, je n'ai pas griffonné tout ça pour le plaisir de me relire, ni même d'être lu, juste pour te sentir près de moi, en moi, encore un peu.

– C'est gentil mais longuet aussi.

– Bon bon, j'enfile mes bottes de sept lignes, je saisis ma cisaille et je m'en va couper les joncs qui font de l'ombre à ton beau front et empêchent le soleil de jouir de ton sourire. Clic clac, merci Kodak ! »

Un silence de mort s'abat alors sur la nuit noire de la feuille blanche, puis :

« Tu es encore là, chérie ?… Tu m'entends ?… Tu m'écoutes ?… C'est pas pour dire mais c'est quand même le premier machin-truc que j'essaie de finir sans toi. Et c'est aussi le premier livre que j'écris, que j'essaie d'écrire. Si si, le premier.

« Le conte ? Le conte c'est autre chose. Quand tu écris un conte tu n'écris pas, tu parles. Parler, c'est ce que j'ai fait toute ma vie, la seule chose que je fus capable de faire, parler, parler, parler.

« Mes pièces ? Ah, mes pièces ! Quand tu écris une pièce, tu n'écris pas, tu glisses deux trois bouts de dialogue dans la bouche de trois quatre personnages, qui tournent en rond sur un plateau avant de saluer tête en bas. Qu'ils disent des énormités, qu'ils profèrent des grossièretés, des bêtises, ou qu'ils fassent des fautes de français, ça les regarde, ils sont à leur compte.

« Quand j'écrivais pour la télé ou le cinéma ? Mais je n'écrivais pas, chérie. Le plus gros du boulot, c'était de se faire payer d'avance. Fais-toi payer d'avance, disait ma mère, en référence à la prostitution ou au travail à domicile. Se faire payer, puis se laisser glisser dans le rêve du réalisateur afin de l'aider à réaliser son propre rêve.

« Mais écrire un livre, un livre ! J'en ai lu des milliers sans jamais penser qu'un jour j'essaierai d'en écrire un. Quand tu écris un livre, se pose immédiatement la question de l'écriture, du style. Du stylo même. Moi j'ai un stylo sans style. Comment écrire un livre sur toi, sans toi, avec un stylo sans style ? Un s s s.

« Tu le sais mieux que personne – oui oui, t'inquiète, je n'irai pas clamer ça en public ou à la télé –, je hais leur foutu style, leur belle et noble prose Troisième République cuvée Vichy 42, et pire encore, celle des trois petits points glissés entre deux crachats haineux. Oui oui, bizarre, comme c'est bizarre, je n'arrive pas à apprécier le style sublime de tous ces zélés qui réclamaient notre mort sur papier bible ou vélin numéroté. Je ne veux pas danser avec leur foule de lecteurs sur leur fameuse petite musique, la si jolie naziquette-polka. »

Bon, c'est reparti

Aussitôt après ton départ – appelons ça comme ça – je me suis rué, stylo en main, sur le papier, pour garder la douceur et la douleur de t'avoir en moi, dans mes rêves et sous ma plume, sans rien construire ni préméditer, errant sans but comme toi et moi quand nous marchions au bord de l'eau, ramassant des cailloux trois par trois à poser au retour sur les tombes de nos trop tôt disparus.

Et puis, et puis, Olga a eu des soucis – le genou – et moi j'ai eu des soucis zaussi, re la prostate, l'œil, la hanche, les dents, la tête, que sais-je encore. Lorsque les bouches se taisent, les corps prennent la parole haut et fort. Et j'ai cessé d'écrire. Cessant d'écrire, j'ai arrêté de marcher à tes côtés sur le sable ou les galets et je suis tombé dans un trou, un trou profond au fond duquel tu n'étais pas. Même ton absence n'était plus présente. J'étais seul, sans toi, pour la première fois de ma vie d'homme.

J'ai pensé alors qu'il était temps que je cesse de marcher au bord de l'eau. Qu'il me fallait plonger au plus profond de notre histoire d'amour afin d'y retrouver la Belle aux mille et un prétendants qui choisit, en dépit du bon sens, de se lier pour la vie avec un ex-apprenti tailleur ne sachant même pas coudre, myope tendance borgne, gueulard comme pas un, et faignant comme pas deux.

Mais tu le sais, j'ai toujours emprunté les escaliers dans les piscines. Alors ? Allons-y doucement. Remontons le temps marche par marche.

Après ton opération de juillet 2018 dont tu t'étais si vaillamment relevée, ta santé semblait optimale. Rien ne pouvait plus t'arriver. Mais tu craignais que le temps – l'âge et ses effets ne s'affichant ni sur ton visage ni sur ton corps – ne t'assaille par trahison et fourberie, te dérobant tes plus chers souvenirs. Afin de te rassurer, tu aimais confronter les tiens aux miens.

Te souviens-tu de notre premier baiser ?

« Te souviens-tu de notre premier baiser ?

– Moi ? Comme si c'était hier. Je faisais du cheval…

– Du cheval ! Arrête ! Me fais pas rire, mes dents sont mal collées.

– Ne ris pas ! Et vous non plus, vous qui tentez de lire par-dessus mon épaule, ne riez pas ! Je faisais du cheval, parfaitement. Oh, pas par plaisir. À l'époque j'avais deux objectifs dans la vie : ne pas faire comme les autres pour ne pas devenir comme les autres, et faire comme les autres pour devenir comme les autres. Mais je m'aperçois que je viens de résumer la situation de tout juif tentant de vivre en diaspora, et même de tout humain cherchant à vivre en société, bon. Bref je faisais du cheval…

– Quand vous faisiez du canasson, je n'y allais pas et Rosette non plus. En plus je te connaissais à peine. Et pour tout te dire, je ne pouvais pas te blairer.

– Merci, ça fait plaisir.

– Je n'appréciais pas ta façon de débiner les films que tu n'avais pas vus et que nous, nous avions vus.

– OK. Donc, un dimanche matin, en plein galop, mon cheval bloque des quatre fers. Ce qui a pour résultat de m'envoyer valdinguer au-dessus de sa crinière. Par chance mes lunettes, elles, restent à cheval sur mon nez. Par malchance – apparente – ma cheville droite, ou gauche, heurte je ne sais quoi. Résultat des courses : les copains diagnostiquent une entorse, voire une foulure, ou même une fracture. Que faire ? Je ne tiens plus debout. Paul, oui, ton frère, décide de me rapatrier dans sa tuture place de la Répu. Oui oui, chez toi, enfin chez tes parents.

– Je ne me souviens absolument pas de cet épisode. J'étais là ?

– Oui, sinon… On me fait traverser votre immense appartement sur une seule patte et je me retrouve étalé sur un couvre-lit douillet dans une pièce obscure d'où je peux vous entendre rire, chanter, danser, gueuler. Je n'ai plus mal, je me sens bien, à ma place, à l'écart, seul.

– Alors ?

– Alors la porte s'entrouvre et telle une apparition féerique tu glisses vers moi. J'entrevois d'abord ta poitrine moulée dans ton pull noir à col roulé. Je distingue à peine ton visage. Mes lunettes sont sur la table de nuit et j'ai peur de faire un geste pour m'en saisir craignant de rompre le charme de ton apparition.

– Eh ben voilà, c'était pas moi.

– Tu m'interroges de ta voix amicale et grave, TA voix : “Tu as mal ?” Je fais oui de la tête et je t'offre même une petite grimace de douleur en prime. Tu te penches vers moi, ton pull frôle mon pull, et tes lèvres se posent délicieusement au coin de ma bouche stupéfaite. Puis, tel un elfe, tu te reglisses par la porte entrouverte tout en m'encourageant d'un regard. Voilà. Voilà notre premier baiser.

– Dans tes rêves, oui. Je n'ai jamais fait ça, jamais. Pourquoi j'aurais fait ça ? On se connaissait à peine j'te dis.

– Oui oui, je sais, et en plus tu ne pouvais pas me blairer. Mais moi je sens encore tes lèvres tout près des miennes.

– Premièrement ça n'a jamais eu lieu, deuxièmement ça n'a rien à voir avec un premier baiser, ça c'est tout juste, à peine, un bisou.

– Oui, mais pour moi, ce bisou fut notre premier baiser. Celui qui m'a donné confiance en moi, ne fût-ce qu'une seconde ou deux.

– Ce n'était pas un baiser ! Et ça n'a jamais eu lieu, sauf dans ton imagination de malade.

– D'accord, mais pour moi c'est le baiser dont je me souviens et me souviendrai jusqu'à la fin de mes jours. »

Balachova

J'eus une autre occasion à l'époque de fortifier un peu mon ego flageolant. Pendant un temps je fréquentai le cours de Tania Balachova.

Balachova, un samedi matin – je ne venais que le samedi – arpentait la classe en proie à une colère noire. Ses élèves préférés, tous et toutes grands névrosés, n'avaient pas travaillé de scènes nouvelles. Hors d'elle, elle scandait : « Des scènes ! Des scènes ! Des scènes ! Je veux des scènes ! », quand subitement elle s'immobilisa face à moi et me demanda d'une voix pétrie de colère :

« Qu'est-ce que vous faites là jeune homme ?

– J'écoute, madame.

– Vous écoutez ? ! On ne vient pas ici écouter ! On vient ici travailler ! Sinon on ne vient pas ! »

Et elle jeta un regard furibard et circulaire sur l'ensemble de son cheptel.

« Madame, je travaille.

– Vous travaillez ? Quelle scène avez-vous travaillée ?

– Madame, je ne travaille pas de scènes, je travaille dans un atelier.

– Je ne comprends pas un mot de ce que vous dites.

– Je travaille dans un atelier de tailleur, madame.

– Vous travaillez dans un atelier ?

– Oui, madame.

– Vous êtes ouvrier ? Ouvrier ! Et vous voulez faire du théâtre ?

– Oui, madame, j'aimerais. »

Sa colère se transforma subitement en une grande douceur compassionnelle.

« Passez-moi quelque chose.

– Madame, je, je…

– Passez-moi une scène, n'importe quoi.

– Madame, je n'ai pas de scène.

– Vous connaissez, vous aimez particulièrement un personnage ?

– Un personnage, oui, je crois…

– Quel personnage ?

– Alceste.

– Passez-moi Alceste.

– Madame, je n'ai pas de Philinte.

– L'univers déborde de Philinte. »

Elle désigna l'un d'eux dans la salle :

« Viens, toi ! Tu vas donner la réplique au jeune homme. Comment vous appelez-vous jeune homme ?

– Jean-Claude, madame. Mais je ne connais pas très bien le…

– Allez, allez ! Sans réfléchir. »

Me voilà face à un Philinte de trois quatre têtes de plus que moi, avec raie sur le côté impeccable – nous étions loin de 68.

« Allez-y ! » dit-elle.

« Qu'est-ce donc ? Qu'avez-vous ? » déclame Philinte.

À sa suite j'ânonne péniblement :

« Laissez-moi, je vous prie, et courez vous cacher. »

Aussitôt Balachova m'interrompt :

« Non non, n'essayez pas de jouer proprement ! »

Elle désigne une chaise qui traîne sur le plateau, abandonnée.

« Prenez cette chaise et essayez de la casser sur la tête de Philinte.

– Madame…

– Essayez ! C'est un grand garçon, il ne vous en voudra pas. Ni pour sa tête, ni pour la chaise qui n'est d'ailleurs pas à lui ni à moi. Le but du jeu est de la casser sur sa tête ou sur le mur, le plafond, le parquet. Allez, levez cette chaise ! »

Je brandis alors la chaise.

« Laissez-moi, je vous prie, et courez vous cacher » jaillit alors avec une force terrifiante qui me surprend moi-même, tandis que je frappe l'air de ma chaise en visant la raie de Philinte qui ne sait où trouver refuge et court en tous sens. Je crache mes répliques tout en tentant toujours de fracasser cette maudite chaise. Philinte jette des yeux affolés sur Balachova qui semble au comble de la joie. Je deviens enragé, les répliques ne sortent plus, le texte de Molière disparaît, il ne reste que des coups de chaise, quelques onomatopées et une colère inouïe doublée d'une haine incontrôlable qui fait trembler le pauvre Philinte et les planches du plateau.

Balachova conclut alors par ces mots :

« Jeune homme, vous êtes UN LION !

– Un lion ? »

Et c'est ce lion ascendant souris qui finit par te manger toute crue. Et comme dans tous les couples de lions et de lionnes, c'est toi qui fis bouillir la marmite et dirigeas la baraque pendant des années, tandis que moi je me prélassais au dodo le matin, au café l'après-midi, avant de rugir le soir pour te plaire, toujours pour te plaire.

« C'était quand ça ?

– Quoi ?

– Balachova ?

– Ah, quelques mois, quelques années avant qu'on se connaisse.

– Et notre premier baiser comme tu dis ?

– Quelques années après Balachova.

– Et ensuite ?

– Ensuite quoi ?

– Comment ça a commencé ?

– Comment ça a commencé quoi ?

– Notre histoire, notre histoire d'amour ? »

Dans notre cas la question serait plutôt comment ça a continué…

Comment commencent les histoires d'amour ?

Comment commencent les histoires d'amour ? D'abord, il leur faut un lieu, un territoire qui permette la rencontre, comme dans la Bible les fontaines, ou à la préhistoire les grottes, les cavernes. Notre territoire fut la place de la République, côté Xe arrondissement. La Chope, café disparu, fut à la fois notre fontaine et notre grotte, lieu de réunion informel d'un groupe de jeunes des deux sexes, amateurs de cafés noirs et de discussions sans fin, sans projet particulier si ce n'est celui de vivre et si possible d'aimer. Nul d'entre nous n'aurait osé employer ce verbe sans ricaner. Pardon, si, toi sans doute.

Le noyau de ce petit groupe, c'était toi, son noyau et son joyau. Avec à tes côtés Rosette, ta sœur aînée, et Paul, ton frère cadet. Rosette et toi étiez fiancées à deux membres de la tribu : Jacques pour toi, Lulu pour Rosette.

Vous aimiez, nous aimions, puisque aussi bien j'étais devenu l'un des vôtres, le cinéma. Rosette m'ayant pris à la bonne – je ne sais toujours pas pourquoi – payait mes cafés, et Paul, très souvent, mes places de ciné. J'étais le fauché, le plus fauché d'entre les fauchés, et pire, je n'avais pas de plan, ni espoir, ni même désir de ne plus l'être. La Chope, sur la place de la République, se dressait à cinquante mètres à peine de votre appartement qui se trouvait être également l'atelier de fabrication de pulls et chasubles à vendre sur les marchés et dans les grands magasins que ton père et ta mère fabriquaient avec grand soin.

Aucun d'entre nous n'avait de métier ni de plan de carrière bien défini. La plupart jouaient aux cartes – poker, rami, bridge, belote – ou fréquentaient les casinos, ou pire encore, les champs de courses. Moi pas. L'avenir n'existait pas. Quant au passé, il valait mieux éviter d'y penser, son poids pesait encore sur nos nuques, nous empêchant de lever les yeux vers le ciel et l'avenir radieux annoncé et célébré.

Nous aimions le cinéma pour le voir et pour en parler. Vous aviez vu énormément de films américains et autres. Moi, que des films français. Tous les dimanches après-midi, j'accompagnais ma maman au cinéma. Elle n'aimait que les films français. J'avais donc vu tous les Fernandel, tous les Guitry, tous les Jean Richard. J'adorais Saturnin Fabre et Jules Berry, que maman n'aimait pas, parce que avec lui, disait-elle, il se passe toujours quelque chose. Il faut croire qu'il s'était déjà passé beaucoup trop de choses pour elle. Elle ne voulait voir que des films où il ne se passait rien.

Toi, outre le cinéma, tu aimais danser. Et comme personne dans la bande, et surtout pas Jacques, n'aimait ça, tu allais danser seule, ou avec une copine à toi, pour le plaisir, disais-tu, le plaisir de la danse. Moi je méprisais cette activité bourgeoise, rétrograde et futile. Tu étais très belle, je me trouvais très moche, nous ne boxions pas du tout dans la même catégorie.

Et puis un jour Rosette s'est mariée, et ensuite ce fut ton tour. J'ai failli être le témoin de Jacques, mais un job s'était offert à moi : animateur au Club Olympique de Calvi. Ne pouvant être à Calvi et à Paris, je choisis de rester à Calvi pour y amuser les touristes teutonnes à forts tétons. Ainsi je ne fus pas le témoin de ton mari lors de ton premier mariage.

Juste après la noce, Jacques et toi filâtes en deux-chevaux en Grèce, en voyage de noces. Tu y fus très-très heureuse. La Grèce devint ton pays d'élection, plus tard le mien.

Quelques mois après, à la sortie d'un cinéma, tu ne fus pas d'accord avec Jacques à propos d'*Un tramway nommé Désir*. D'après ce que tu m'en dis bien plus tard vous vous étiez même carrément pris le bec. Depuis sept ou huit mois, vous habitiez loin de la Répu, dans le XVIe. Tu te sentais en exil chez les bourgeois froids.

Quoi qu'il en soit, Jacques, ce soir-là, n'apprécia pas tellement, ni le tramway, ni le désir, pas assez en tout cas à tes yeux, de plus il chipota sur la performance de Vivien Leigh, ton actrice préférée. C'est ce soir-là, sous l'égide, et pour sauver l'honneur de Vivien Leigh, que se joua notre future histoire d'amour. Tu ne rentras pas dans le XVIe. À ta demande, Jacques te déposa chez toi, place de la République, où papa et maman t'accueillirent sans surprise, et même avec plaisir.

Grâce au tramway et au désir, tout était rentré dans l'ordre. Tu étais de nouveau une jeune fille de la Répu à ne surtout pas marier. Ce soir-là la bande de La Chope se fracassa. Tu devins interdite de séjour, Jacques souffrait trop. On avait peur pour lui. Même Rosette et Paul durent rester à ses côtés. Tu te retrouvas libre mais seule. Pire, l'envie de danser t'avait quittée. Tu frôlais la déprime, tu songeas même à devenir pédicure. Tu maigris alors de dix kilos, que tu ne repris jamais à ta grande satisfaction. Inquiète, tu allas consulter un médecin. Après t'avoir auscultée, il te demanda si un événement récent pouvait justifier ce passage à vide et cette perte de poids. Tu lui répondis que non, non tu ne voyais pas. Il te colla alors des examens et des tranquillisants, puis te raccompagna à la porte. Là, tu lui dis incidemment que tu venais de te marier et de divorcer. Il reprit ses ordonnances, les déchira, te serra la main en murmurant : « Ça va passer, mon p'tit. »

Et c'est là que le territoire, secondé par le hasard et la chance, intervint dans notre histoire. Je fus engagé, parce que j'avais été apprenti tailleur avant d'être apprenti comédien, dans la troupe de Jacques Fabbri comme régisseur costumes, et accessoirement comédien de complément dans *Les Joyeuses Commères de*

Windsor, de William Shakespeare lui-même, au théâtre de l'Ambigu, théâtre magnifique, détruit depuis hélas, qui se trouvait à cinquante mètres de ton domicile, donc de la Répu, côté boulevard Saint-Martin.

Je ne pouvais plus me rendre à La Chope le soir à cause du théâtre. Toi, n'étant pas une couche-tôt, et ne sachant quoi faire de ta peau, tu passas, pour fuir ta solitude et sur les conseils des copains, me chercher un soir ou deux dans ma loge à la fin de la représentation. Les loges de l'Ambigu étaient crasseuses, sans confort aucun, sans eau, sordides même, mais le théâtre, lui, pétri d'histoire, le paradis de cet Ambigu ayant servi de modèle au paradis des *Enfants du paradis*. C'était à la fois la gloire du théâtre et du cinéma, le paradis pour toi et moi.

Voilà comment grâce au territoire, au hasard et à la chance, et à ta passion pour Vivien Leigh, tu finis par venir me chercher presque tous les soirs. Il ne se passa pas grand-chose de chaud entre nous. Une sorte d'amitié « Ambigu » se noua au fil des soirs. Et justement, un de ces soirs-là, je dus remplacer au pied levé un acteur grippé. Tu me vis jouer un grand rôle. Le lendemain les copains vinrent me voir également. Je n'étais plus le fauché, le galeux, la dernière roue du tombereau, le pauvre type qui se prétendait comédien sans jamais jouer, j'étais devenu subitement un acteur, un vrai, devant vos yeux à tous.

Est-ce un de ces soirs-là qu'échauffées par ce succès éphémère, nos bouches se rapprochèrent et nos lèvres s'unirent ? Ou plutôt est-ce le soir où tu voulus découvrir le théâtre vide du haut de son paradis, et que nous nous sommes retrouvés au paradis, tout là-haut, côte à côte, face à la beauté et au silence tissés par les présences et les voix des acteurs et actrices des siècles passés. L'obscurité régnait, seule l'ampoule de la servante éclairait modestement le plateau vide. Oui, sans doute est-ce là que j'ai osé... Non, non, c'est là que ton âme d'artiste a jugé que pour finir la séquence, il nous fallait réaliser enfin un baiser de cinéma.

Tu embrassais avec passion, comme tu faisais tout, passionnément, et je me mis instantanément à aimer passionnément t'embrasser avec passion.

Mais c'était comme le reste, sans projet, sans serment, sans avenir, sans déclaration d'amour, sans engagement disons. Qu'importe, nous nous embrassions de toutes nos forces. Tu aimais embrasser comme tu aimais danser, pour le plaisir, juste pour le plaisir.

L'Ambigu changea de programme, je fis une petite tournée avec *Les Joyeuses Commères de Windsor*, et à mon retour nous nous ré-embrassâmes, toujours dans le silence le plus complet, entre deux discussions sur autre chose et n'importe quoi, avant d'aller dîner ou boire nos cafés.

Il y eut alors, à ton initiative, un après-midi dans un parc boisé, couchés dans l'herbe, un après-midi que tu as oublié sans doute, mais dont moi je me souviens et me souviendrai toujours. Un après-midi si intense, si brûlant qu'ensuite je me sentis, comment dire, engagé, voilà, engagé. Je n'ai pas eu la présence d'esprit, ou plus simplement le courage, de te demander si tu te sentais de même. Le lendemain tu partais en vacances avec Paul visiter Israël à pied et en stop.

Les vacances finirent et nous nous sommes revus, en bas de chez toi, au café-tabac où tu aimais t'attabler depuis que tu ne pouvais plus fréquenter La Chope. Arrivé avant toi, je ne pus m'asseoir, je t'attendis sur le trottoir, debout. En deux pas tu fus dans mes bras et tu offris à mes lèvres une de tes joues brûlées par le soleil d'Israël, tout en t'enthousiasmant pour ton voyage. Puis tu me tendis l'autre joue, tout en continuant de me vanter la beauté d'Israël, de ses habitants et de ses réalisations. Moi je me foutais d'Israël, de tes vacances à pied, à cheval et en voiture. Je tendis mes lèvres vers les tiennes. Reculant d'un demi-pas, tu m'offris ta main droite ouverte, franche, loyale – dois-je dire amicale ? – tout en prononçant distinctement : « Je préfère qu'on reste amis. »

Alors, brisant le silence de plomb qui venait de s'abattre sur ce bout de trottoir boulevard Saint-Martin, une voix de tragédien comique jaillissant du plus profond de mes entrailles articula avec rage : « Des amis comme toi, j'en ai rien à foutre ! »

Ce que j'ai pu me dire

Ce que j'ai pu me dire en courant boulevard Magenta, je ne te l'ai jamais confié. La douleur contenue, la colère expulsée, je t'ai donné immédiatement raison et je me suis donc donné tort. Tort d'avoir refusé ton amitié, ta main tendue, coupant ainsi tout espoir de te revoir. Toutefois, je ne voulais absolument pas te revoir en ami, mais surtout, surtout, je m'en voulais d'avoir cru à mon rôle dans cette histoire, non, je n'étais pas l'homme de la situation, pire, je n'étais pas un homme. Alors que toi tu étais non seulement une femme mais LA femme.

Je savais que les petits tailleurs des contes de Grimm, avant d'épouser les princesses belles et riches, doivent accomplir des exploits : vaincre des géants malfaisants, anéantir des gnomes maléfiques. Hélas, j'étais moi-même un de ces gnomes et tu venais de m'anéantir avec ta main tendue et ton petit pas de recul.

Tu étais belle et riche, enfin riche de talents, ton père venait de faire faillite, un gros client mauvais payeur l'ayant fait marron. Vous deviez quitter la

Répu, abandonner l'appartement, l'atelier et les vingt-cinq fenêtres donnant sur la place. Toi, tu vivais ça comme une aventure passionnante.

Moi, je n'avais aucune perspective, ni présente, ni future. Je me sentais encore l'enfant caché dont le nom n'était pas le nom, dont le père n'était qu'une ombre parmi des millions d'ombres. Quant à ma mère, hélas, je ne pouvais lui venir en aide. Je la voyais s'étioler, minée par la fatigue et la solitude. Comble de malheur pour elle, elle était la mère d'un fils qui ne voulait que rester au lit jusqu'à midi et qui se prenait pour un artiste dramatique, à la recherche d'un personnage à sa mesure, hésitant entre Richard III et Lorenzaccio.

Arrivé à la hauteur du marché Saint-Quentin, au coin de la rue de Chabrol, à l'extrême nord de notre territoire, je me suis méprisé, haï. Je t'ai haïe aussi, bien sûr. Je ne voulais plus jamais te revoir. Puis je suis rentré à la maison. Maman m'a demandé : « En quel honneur cette tête d'enterrement ? » Alors je lui ai raconté. Elle a hoché la tête, l'air de dire : et pourquoi elle serait restée avec toi ? Je me suis couché et endormi en m'efforçant de mépriser toutes les histoires d'amour et même d'amitié.

Au matin le téléphone sonna. C'était toi. Je voulus raccrocher pour ne pas faire ressaigner la plaie, mais tu m'as demandé d'une voix rapide, certes amicale, mais pas que : « À quelle heure nous verrons-nous ce soir, mon cher ? » Je t'ai répondu, d'un ton voulu aussi badin, que puisque je venais d'être largué par mon ex-petite amie, j'étais absolument libre de mon emploi du temps pour le reste de ma vie : « Choisissez le lieu et l'heure, j'y serai. »

Puis tout reprit son cours : les discussions, les films, les cafés, tout, et bien sûr aussi, les baisers passionnés et les caresses de plus en plus prolongées.

Ce fut longtemps, longtemps après qu'un soir tu revins sur « Je préfère qu'on reste amis ». Cette phrase, depuis tes treize quatorze ans, tu l'avais prononcée, main ouverte et offerte, à des tas et des tas de jeunes gens, opulents, élégants, plus ou moins séduisants, en tout cas tous amoureux passionnés, et seul, seul le petit tailleur, moi, j'avais été le seul à n'avoir pas pris ta main et à ne pas t'avoir juré fidèle amitié pour la vie. Et ça, et ça, ça t'avait fait mourir de rire. Tu t'étais traînée dans l'escalier que tu avais dû gravir à quatre pattes tellement tu riais. Tu étais rentrée chez toi en te tordant. Ta mère t'avait demandé ce qui te faisait tellement rire. Tu lui avais raconté. Elle avait ri à son tour. Elle avait raconté ça à ton père qui avait ri lui aussi. Vous aviez ri tous les trois.

C'est ainsi que tu fonctionnais : « Je préfère qu'on reste amis. » Tu voulais vivre ainsi, passer des bras des uns aux bras des autres, comme lorsque tu dansais le bop et que les bons danseurs faisaient la queue pour attendre leur tour. Enfin, là, tu avais dû conclure que si je n'étais ni le plus élégant, ni le plus séduisant, ni surtout le plus fortuné, j'étais sans conteste le plus marrant. Et tu avais besoin de rire. Ton père, ta mère avaient besoin de rire. Vous aviez besoin de rire en cette triste situation qu'était la faillite, dans cet après-guerre si amer pour les ex-étoilés.

Puis vous avez déménagé et comme tu ne savais pas quoi faire, ni de ta vie ni de ta peau, tu as repris l'affaire en main et tu t'es mise à travailler avec enthousiasme et acharnement, et tes robes se sont vendues comme des pans-bagnats à la fête de l'Huma. La première saison, tu avais déjà rétabli la situation. Juste retour des choses, c'est moi qui désormais venais te chercher le soir, tard, dans ton atelier rue Saint-Denis. Je t'y trouvais en pleine activité, presque toujours en slip et sous-tif, créant sur ton propre corps les modèles de ta prochaine collection. Tu n'avais jamais appris ce métier, ni aucun autre d'ailleurs, tu ne savais ni dessiner, ni couper, ni même coudre. C'est ainsi, à l'instinct, que tu sortais des robes merveilleuses qui embellissaient les femmes qui se les arrachaient aux beaux jours.

Les dimanches de printemps nous nous installions à une terrasse de café sur les Grands Boulevards à Bonne-Nouvelle et nous comptions les robes – tes robes ! – qui défilaient devant nous sur les trottoirs transfigurés par leur beauté et leur gaieté. Des semis de pâquerettes aux jungles profondes, des rayures aux pois de toutes les couleurs, bref chaque robe célébrait la beauté, la simplicité, à ton image. Tu avais trouvé ta voie.

Et moi, par hasard, et par chance encore, je finis par décrocher un petit rôle, toujours chez Fabbri, dans *La Grande Oreille*, pièce qui se joua quatre cents fois au Théâtre de Paris, rue Blanche. Tu vins m'y chercher presque quatre cents fois. J'avais obtenu la faveur de partir à l'entracte sans avoir à saluer à la fin du spectacle. Mon personnage apparaissait deux fois, très brièvement, au cours de la première partie, et ne réapparaissait pas durant la seconde. Je te rejoignais donc dès l'entracte au café à côté du théâtre. Nous allions manger, non sans nous être embrassés et caressés longuement sous toutes les portes cochères obscures du quartier.

Une précision s'impose

Nous ne couchions toujours pas ensemble. Pourquoi ? Je n'ai jamais songé à te poser la question ni même à me la poser à moi-même. On se séparait la nuit venue en s'embrassant une dernière fois. Tu rentrais dormir chez tes parents, rue Saint-Denis, moi chez ma maman, rue de Chabrol.

Je savais que tu avais tenu à arriver vierge au mariage, mais là, là, ça faisait déjà près de deux ans que tu étais divorcée. Un soir donc, juste au moment de nous séparer, cette idée me fracassa le crâne.

« T'attends quoi au juste ? te dis-je brusquement.

– J'attends quoi ?

– Que ça repousse ? Ça ne repousse pas, et en plus, moi j'ai toujours eu peur des vierges. »

Et voilà, trop tard, j'avais parlé trop vite, comme à mon habitude, au risque de tout foutre en l'air. Au lieu de rétrograder, j'enfonçai encore le clou :

« On se voit tous les soirs, depuis, depuis...

– Et alors ça ne te plaît pas ?

– Si, si, ça me plaît, mais les gens disent qu'un homme et une femme, à la fin, finissent par faire…

– Tu veux quoi au juste ?

– Ben, je veux qu'on fasse comme tout le monde.

– Comme tout le monde ? ! Beau programme ! »

Et c'est toi qui ce soir-là tournas les talons et partis sans un mot.

Ça ne me fit pas rire du tout. J'avais tout foutu en l'air. Je suis rentré persuadé que c'était fini. Mais j'avais raison, non ? Pourquoi ne pas faire comme tout le monde ? Tout le monde fait comme tout le monde.

Le lendemain nous prîmes possession pour la nuit de la chambre de bonne que Paul occupait quelquefois. Et c'est là, dans cette chambre en désordre, que ça s'est passé. Nous avons fini par faire « comme tout le monde ». Je n'ai pas de souvenir, ni glorieux ni précis, de la chose. Je pense que cela ne te laissa pas non plus un souvenir impérissable.

Je me souviens surtout de tes chaussettes de laine. C'était l'hiver, la chambre n'était pas chauffée, tu étais nue et tu avais froid aux pieds, tu avais gardé tes grosses chaussettes et tu te déplaçais dans cette chambre minuscule, chaussettes aux pieds, en tenue d'Ève, comme si tu étais vêtue d'une somptueuse robe de bal. Moi, j'avais ôté mes lunettes et je n'osais pas les remettre. Je me souviens aussi que je me suis excusé de ma précipitation. Toi, tu riais. En fait tu étais une cliente pour moi, une cliente pour le rire. Je pense qu'après les baisers et les caresses, ce dont tu avais le plus besoin, ce n'était pas de faire comme tout le monde, c'était de rire, rire. Tu voulais rire, et moi j'adorais te faire rire.

Nous avons ri, nous nous sommes embrassés et caressés, nous avons fait ce que presque tout le monde fait sans rire en riant, pendant près de soixante ans.

Nous passions désormais nos nuits dans un hôtel de la rue René Boulanger, près de la porte Saint-Martin, à deux pas de ton atelier. Nous arrivions à l'hôtel tard le soir, que je joue ou non. Nous discutions beaucoup et nous nous arrêtions encore très volontiers dans l'obscurité des portes cochères du quartier. À l'hôtel nous occupions toutes les nuits la même chambre, notre chambre. Or un soir :

« Comment pas libre ? Vous avez loué notre chambre ? !

– Ce n'est pas votre chambre.

– Pas notre chambre ? ! Mais enfin, on vient tous les soirs !

– Et vous repartez tous les matins sans jamais dire que vous revenez le soir, et vous ne laissez rien dans cette foutue chambre, rien, pas même une chemise de nuit ni une brosse à dents pour deux ! »

L'hôtelier était hors de lui. On changea donc de crèmerie. Peu après on loua un meublé, à trois centimètres de ton atelier, rue de la Lune. Nous y vivions comme à l'hôtel. Le matin, je retournais chez maman me laver les dents, et toi tu fonçais au boulot, tout ça était toujours sans avenir, sans perspective, sans serment. Nous nous refusions le droit de prévoir quoi que ce soit, fût-ce pour le soir même.

Certains soirs tu devais sortir sans moi, tu avais rendez-vous pour dîner avec des gens, des clients, des gros clients, des fournisseurs, car tu t'occupais non seulement des collections et de la fabrication avec ta mère – Rosette s'occupant de la compta, Paul de la direction générale et ton père supervisant le tout, chapeau vissé sur la tête, cigarette au bec, il faisait penser à un parrain de la Mafia se décarcassant jour et nuit pour régler les problèmes des uns et des autres par pur plaisir –, mais également des contacts avec les clients importants. Je me souviens d'un certain Pomme, Poire ou Cerise, enfin un fruit quelconque, patron d'un magasin sur les Champs-Élysées, ce n'était pas à vrai dire l'un de tes gros clients mais c'était le meilleur ami de ton plus gros client, celui du passage du Lido, celui qui devait appeler la police pour maîtriser les files de femmes du XVIe ou VIIIe désireuses d'acheter tes robes par paquets de six. Ce Pomme ou Poire voulait, comme beaucoup d'autres, t'épouser, t'offrir un ou deux magasins, et puis une maison au bord de la mer, et une autre à la campagne, ou t'emmener, en attendant de t'épouser, dans son avion privé manger une bouillabaisse à Marseille ou un couscous à Marrakech. Tu n'acceptais que de dîner à Paris.

Et pour me mettre à l'aise, tu me répétais à chaque fois une phrase qu'ensuite, pendant des décennies, tu as nié avoir prononcée jamais, phrase dont je me souviens parfaitement : « Tu n'as rien à craindre, je resterai avec toi jusqu'à ce que je rencontre l'homme de ma vie. » L'homme de ta vie… Cela me convenait très bien. Je savais que je n'étais pas l'homme de ta vie et je ne souhaitais ni l'être ni le devenir. Je ne voulais même pas être un homme. Je voulais rester le petit tailleur qui ne sait pas coudre et qui reste au lit jusqu'à midi en rêvant qu'il joue Cyrano, Sganarelle, ou même Dom Juan ou le Misanthrope. Je voulais continuer à te faire rire, toi et ta famille. Je ne voulais pas devenir l'homme de ta vie, ni l'homme de la vie de personne, pas même le père de tes enfants, ni ton mari, pas l'homme de ta vie en somme. Même, je te souhaitais dans le secret de mon cœur de rencontrer un jour cet homme de ta vie. Je voulais juste que tu me préviennes dès que tu l'aurais rencontré afin que je puisse boucler mes paquets et débarrasser le plancher, en lui confiant la tâche, la mission de te caresser, de t'embrasser et, si possible, de te faire rire, tout en faisant ce que tout le monde fait.

Mais sans doute les clients séduisants, élégants, avec avion, Mercedes ou Jaguar, maisons à la campagne et à la mer, ne te faisaient pas autant rire que moi. Tu es restée avec moi jusqu'à ce que peu à peu je devienne, sans que tu le veuilles, et sans que je le veuille, l'homme de ta vie, et que tu deviennes, malgré toi, malgré moi, l'homme et la femme de ma vie à moi.

Enfin, un soir, on fêta la dernière de *La Grande Oreille* au Théâtre de Paris. Après, il y avait une tournée en France, Belgique, Suisse, et même quelques dates au Maroc. Je devais, je voulais partir, mais j'avais peur, très peur. Je ne doutais pas de toi, non, je doutais de moi. Peut-être allais-tu, après mon départ, malgré toi, rencontrer l'homme de ta vie ? Face à qui je ne ferais pas le poids, surtout de loin. Ou pire, peut-être choisirais-tu un autre figurant pour attendre avec lui la venue de cet homme providentiel ? Que faire ?

Tchekhov

C'est Tchekhov qui me sauva – qui nous sauva ? Pour tout ce qui concernait le goût, la musique, la chanson, les vêtements bien sûr, la mode, la peinture, la beauté, l'amour même, les voyages et les paysages, la nature, pour tout cela tu étais mon mentor, ma référence absolue. Il n'y avait qu'un domaine où je pouvais prétendre t'influencer : la littérature, la lecture disons plutôt.

J'avais lu durant mes années de prime jeunesse un livre par jour, saisi par une sorte de boulimie de lecture dont je n'étais pas encore tout à fait sorti. Je dévorais donc les nouvelles de Tchekhov et je te les faisais découvrir en même temps. Si bien que je lisais Tchekhov en tournée, et que tu lisais Tchekhov, la nuit, à Paris, et nous échangions nos impressions, et nos impressions étaient les mêmes.

Comme moi tu devins très vite accro à Tchekhov, qui devint pour toi et moi celui qui nous fit découvrir notre propre humanité à travers celle des petites gens dont il peuplait ses nouvelles. Il nous montrait leur médiocrité, leur grandeur, leurs misères, leurs ridicules, tous ces amours gâchés, ces vies perdues et cependant vécues, dans la résignation certes, mais aussi dans la joie et l'espérance d'un monde meilleur, ce que nous vivions nous-mêmes. Ainsi, à travers Tchekhov et ses nouvelles nous espérions, malgré tout, sans trop y croire.

Une nuit tu lus une première nouvelle – était-ce « Le Duel » ? – qui te fit une si forte impression qu'il te fallut immédiatement en lire une autre pour essayer d'effacer l'émotion que la première t'avait laissée. Après la lecture de la seconde, tu compris que tu ne pourrais pas t'endormir tant ta gorge se serrait et que ton cœur battait fort. Tu te mis donc à en lire une troisième. À la fin, tu sanglotais tellement qu'il te fallut courir te réfugier dans les bras de Rosette, et tu finis ainsi ta nuit entre Lulu et ta sœur, pleurant sans cesse.

Tchekhov, au fil des jours et de ses nouvelles, tissa entre nous un lien très fort. Peut-on dire indissoluble ? C'est là que je décidai, puis entrepris d'adapter « Le Duel » – ma, et ta, nouvelle préférée – en pièce de théâtre. Oui oui, je voulais fabriquer une fausse pièce de Tchekhov tirée d'une de ses propres nouvelles. Je ne t'en dis rien et je me mis au travail. À ma grande surprise, je n'eus aucun mal à transformer la nouvelle en pièce. J'avais trouvé enfin comment utiliser ce que j'avais appris avec passion et application dans le but de devenir comédien. Jamais auparavant je n'avais songé à écrire. J'étais un lecteur, admiratif, critique, boulimique, névrosé, mais je ne me voyais pas écrire quoi que ce soit.

Je te fis lire mon Duel, tu en fus émue. Ainsi, du jour au lendemain, je n'étais plus à tes yeux, et surtout aux miens, un petit comédien minable jouant des cassures – dans *La Grande Oreille*, j'incarnais un vieillard bossu, quasi mourant, qui passait deux fois sur le plateau en gueulant comme un âne, personne à la sortie ne me reconnaissait. Et voilà que grâce à Tchekhov, en quelques jours de travail, qui n'était pas un travail mais une joie, j'étais devenu un auteur.

Ce qu'il y a de formidable, quand on est auteur, c'est qu'on peut passer son temps, ses jours et ses nuits, sans rien foutre, sans écrire, sans lire, qu'importe « Il travaille, il pense… » Voilà. Être auteur quand on est fainéant, c'est la meilleure planque, surtout pour celui qui comme moi a la vocation de dormir jusqu'à midi.

Puis, toujours en tournée, je me mis par plaisir et désœuvrement, et pour entretenir ta flamme et la mienne, à écrire des pièces courtes, en un acte, comme Tchekhov l'avait fait avant moi. Lors de mes brefs retours à Paris je te les lisais entre deux trains et deux étreintes. Tu les trouvais magnifiques, formidables. Plus tard, bien plus tard, tu m'avouas qu'après la lecture de certaines de ces pièces courtes, tu m'avais pris pour un vrai fou. Qu'importe, j'étais auteur et tu étais mon inspiratrice et ma muse. Les lettres que je t'écrivais lorsque je ne pouvais pas revenir à Paris, et lorsque tu arrivais à en déchiffrer les hiéroglyphes, tu les lisais à ta famille à table. Mais ce n'étaient plus les lettres de n'importe qui, c'étaient les lettres d'un auteur et elles faisaient rire toute la famille. Parfait ! J'étais donc non seulement devenu auteur dramatique, mais également auteur comique. J'en appréciais le titre.

Petite précision, chérie, sans aucune amertume, mon Duel, ton Duel, d'après Tchekhov, rédigé en 1962, fut créé dans le Off à Avignon, dans une mise en scène de notre amie Lisa Wurmser, en juillet 2019, trois mois après ton départ. Comme tu me le disais souvent à l'époque : suffit d'être patient.

Faire comme tout le monde

À force de s'obstiner à faire comme tout le monde, il nous arriva ce qui arrive à tous ceux qui font comme tout le monde. Un beau jour tu te retrouvas grosse de mes œuvres. Dans ces années-là – était-ce parce que c'était interdit ? –, nombre de nos amies, toi-même, ta sœur, firent appel à des mains secourables et rémunérées, munies d'aiguilles à tricoter ou autres objets contondants. La nature de mon Alzheimer naissant m'autorise à esquiver les souvenirs embarrassants ou trop imprécis. Ainsi donc je ne m'inquiétais pas, le problème allait se résoudre par les voies ordinaires. Toi, devenue bourreau volontaire du travail, tu courais, de l'atelier aux fournisseurs, des fournisseurs aux clients, tu courais, et ça te rendait heureuse. Tu t'éclatais, comme on ne disait pas encore. Quoi qu'il en soit, dans ton euphorie générale, tu pris la nouvelle comme une bonne nouvelle. Et tu m'annonças, triomphante :

« Chéri, nous attendons un heureux événement ! »

Ma mère informée par mes soins s'inquiéta fort. Elle qui avait toujours voulu une fille me considéra alors comme sa malheureuse enfant, séduite, abusée, puis très prochainement abandonnée sur le bord de la route avec son bâtard sur les bras.

« Qu'est-ce que tu racontes, maman ? !

– Vous n'êtes même pas mariés.

– Elle n'a pas le temps.

– Elle a pas le temps ? !

– Elle travaille.

– Elle travaille ? Elle va te laisser tomber, oui !

– Eh bien je serai fils-père. Et tu m'aideras à élever le marmot.

– C'est ça, compte là-d'sus, bois d'l'eau ! »

Tes parents réagirent plus sobrement.

Ta mère s'informa :

« Vous allez vous marier ?

– Oui, maman.

– Quand ?

– Quand j'aurai le temps, on est en pleine saison, maman.

– Mets au moins une alliance pour la clientèle. »

Ton père, lui, fut plus circonspect. J'étais déjà parti en vacances avec toute la famille et il avait pu apprécier mon caractère parfaitement équilibré pour un dément fraîchement évadé de l'asile. Je braillais très fort pour un oui pour un non, j'insultais même souvent, et j'avais tendance tous les deux ou trois jours à refaire mes valises, puis à les défaire à ta demande, en attendant la prochaine crise. Il avait, je pense, moyennement apprécié mes sautes d'humeur et mon caractère, disons, particulier. Il te prit donc un soir à part et, coiffé du chapeau d'Humphrey Bogart dont il avait emprunté aussi la force contenue et le calme maîtrisé, il t'interrogea à son tour :

« Pourquoi te marier encore ?

– J'ai envie d'avoir des enfants, papa.

– On a besoin d'un mari pour avoir des enfants ? »

Il désigna ton ventre du bout de sa cigarette.

« Le plus gros de l'affaire me semble bien engagé, non ? »

Nous étions au sixième mois. Il te fit valoir que j'étais un gueulard, que j'avais un sale caractère. Il ne te parla pas de mon absence de profession ni d'argent, juste de mon caractère.

« Ça lui passera, papa.

– Ça ne passe jamais, ça empire avec l'âge. »

Dans le quartier ton image en prit un sacré coup. Tu n'étais plus la meilleure proie pour les belles-mères du Sentier dans leur chasse à la bru. Tu étais devenue une sorte de presque fille-mère. Et quand on apprit qui était l'heureux élu, on ne se cacha pas pour rire de toi.

« Elle a quitté un type magnifique qui maintenant a une situation en or, en or !

– Et une voiture décapotable !

– Et tout ça pour qui ? ! »

Rires prolongés.

Nous en étions au septième mois. Tu préparais ta collection d'été.

Au huitième mois, ton père, qui avait compris, se mit à nous faire visiter en urgence des appartements. On en arrêta un, de trois pièces, au coin de la rue d'Enghien et du faubourg Saint-Denis, en face de Chez Jeannette, café que nous avions fréquenté avant La Chope, et que nous avons refréquenté après. Chez Jeannette existe encore, dans son jus, une des rares preuves encore debout qui témoignent que tout ce que je raconte est historique.

Comme nous en étions au neuvième mois il fallut courir devant monsieur le maire du Xe afin de ne pas trop compliquer l'arrivée du cadeau que les fées étaient sur le point de nous expédier. La veille du mariage, donc, tu te rendis chez un coiffeur tout près de l'Ambigu. Tu fréquentais très peu les coiffeurs. Tu n'aimais pas les choucroutes, ni les bouclettes, ni les mises en plis, et tu n'as jamais eu à te teindre les cheveux. Tu tenais à rester nature, sans fioritures. Donc, tout en t'installant, toi et ton gros ventre, dans son fauteuil, tu dis à la coiffeuse : « Pas trop apprêté s'il vous plaît, je me marie demain. » La coiffeuse alors en perdit ses bigoudis, ses peignes et ses ciseaux. Elle faillit tomber elle-même, frappée de stupeur par la violence de ton destin qu'elle envisageait sordide et tragique avec ce mariage in extremis. Elle en aurait presque pleuré. Tu adorais raconter cet épisode et tu le racontais beaucoup mieux que je ne viens de le faire.

L'Atelier

Le 15 janvier 1966, le maire du Xe me prit à part, juste avant la cérémonie, et me glissa dans le tuyau de l'oreille :

« Je ne peux hélas vous octroyer que deux jours.

– Deux jours ?

– Deux jours, oui, hélas. J'aurais aimé faire mieux mais… »

Ce n'est qu'en examinant à fond notre nouveau livret de famille que nous avons enfin eu l'explication des deux jours octroyés par faveur spéciale. Nous ne nous étions plus mariés le 15 janvier 1966 mais, sur les papiers officiels signés par le maire, le 13 janvier 1966. Le maire avait fait un faux pour tenter de restaurer ton honneur et le mien et de tempérer la honte de cette naissance précipitée par ces deux jours de rab administratif. Le soir les deux familles réunies dînèrent dans un restaurant yiddish. Quelques jours après Nadia naissait.

Face à cette date, 13 ou 15 janvier 1966, je constate qu'à l'époque où tu te liais à moi pour la vie, si j'écrivais déjà depuis quelques années, je n'avais jamais encore été joué. Pire, je pensais que je risquais de ne jamais l'être. Maxime et Suzanne, maman, se désolaient de me voir engagé ainsi avec femme et enfant, alors que j'étais incapable de subvenir à mes propres besoins.

Qu'importe, nous avions grâce à ton père et à ton travail un appartement, ton affaire tournait, et moi, moi je n'avais qu'à écrire. Écrire quoi ? Pour qui ? Pour quoi ? L'idée qu'il me fallait quand même gagner ma vie, et si possible la tienne et celle de notre enfant, m'obligea à me poser cette question : qu'écrire pour gagner sa vie ? Je décidai de me lancer dans l'écriture d'une pièce, disons « de boulevard », que je proposerais, une fois écrite, à une de ces vedettes dudit boulevard. Je n'en connaissais aucune bien sûr et je pense que je n'avais jamais mis les pieds dans un théâtre dit « de boulevard » ni même vu une pièce dite « de boulevard ». Le sujet de cette pièce devait être la vie d'un astronaute français, désigné par tirage au sort dans la liste des abonnés au gaz de France, s'entraînant chez lui, dans son salon-salle-à-manger, faute d'un centre d'entraînement spatial national. Son épouse en tirait une certaine fierté, mais en même temps elle regrettait le désordre que sa mise en apesanteur provoquait dans la tenue de son ménage.

J'en étais là quand Nadia, à l'âge de cinq mois, fut frappée par la mort subite des nourrissons. Dans la nuit qui suivit j'écrivis *Chez Pierrot*. Une pièce où ma douleur, ma rage, mon désespoir et mon dégoût s'exprimèrent sans retenue, comme malgré moi. Ce fut cette nuit-là que je découvris qu'on n'écrivait pas pour gagner sa vie, qu'on écrivait pour exprimer ce qu'on ne pouvait dire, qu'on écrivait pour crier sa douleur ou son amour, sa joie ou son désespoir, ou les deux. Et depuis je n'ai jamais pu revenir en arrière et écrire quoi que ce soit « pour gagner ma vie », ou la tienne.

Soutenu, porté, aimé par toi et les tiens, je me suis même mis, presque, à croire en moi. Alzheimer m'oblige à résumer. J'écrivais, je te lisais ça, le soir ou la nuit. Tu approuvais et même, prudemment, très prudemment, de temps en temps, tu critiquais. D'heureux hasard en heureux hasard, on finit par me jouer.

Puis ce fut la Comédie-Française, la rencontre avec Jean-Paul Roussillon et Pierre Dux, l'administrateur. Pierre Dux, donc, administrateur du Français et du Théâtre de l'Odéon, qui ne s'appelait pas encore Théâtre de l'Europe, se prit de passion pour une de mes pièces, *Amorphe d'Ottenburg*, que, soit dit entre nous, tous les théâtres nationaux voulaient monter. Pour retravailler avec Jean-Paul Roussillon, avec qui je venais de faire *Rixe*, je choisis donc les comédiens du Français et le Théâtre de l'Odéon.

Ensuite, grâce à Pierre Dux, j'eus la possibilité de faire jouer, dans ce théâtre magnifique et dans sa grande salle, *Dreyfus*, puis *En r'venant d'l'Expo*, puis *L'Atelier*. Nous avions toi et moi un amour immodéré pour *Dreyfus*. *L'Atelier*, écrit juste après, nous touchait de plus près, plus intimement disons, plus cruellement également. C'était mon histoire, c'était ton histoire, notre histoire, l'histoire de tes parents et des miens, l'histoire des nôtres.

Un jour, dans un autobus, passant devant la mairie du Xe, tu me demandas : « À quoi penses-tu quand tu passes devant cette mairie ? » Je répondis aussitôt : « C'est là où les flics nous ont emmenés, maman, Maxime et moi en 42 et que nous avons vu les bus pleins qui nous y attendaient. » Tu te mis alors à me frapper en pleurant. « Non non, c'est là qu'on s'est mariés ! C'est là qu'on s'est mariés, pauvre con ! » Tu ne pouvais plus t'arrêter de sangloter et moi de te demander pardon. Je t'ai prise dans mes bras. Les voyageurs nous regardaient.

Voilà, c'est ça. Pour moi comme pour toi, *L'Atelier*, c'est ça, exposer son intimité la plus secrète aux yeux et aux rires de tous.

Je ne t'ai rien dit jamais des obsessions récurrentes qui torturèrent mon cortex durant la dépression qui m'assaillit au plus haut du triomphe de *L'Atelier*. Je ne t'en ai rien dit hier, et je n'écrirai rien aujourd'hui sur ce sujet, bien que je sache que tu ne puisses en aucun cas désormais prendre connaissance, hélas, de ce que je pourrais dire ou écrire à ce sujet ou un autre. Je dois garder le silence comme je l'ai gardé du temps où tu étais une partie vivante en moi, la meilleure disait-on, et que cette partie que je chérissais me semblait cependant, certains jours, trop lourde à porter, trop pesante pour les épaules de l'enfant caché que je ne voulais pas cesser d'être.

J'avais présumé des forces de cet enfant. Écrire une pièce sur la déportation de son père, le malheur de sa mère, le malheur de tout un peuple, la destruction de tout ce peuple dans l'indifférence générale du monde, passe encore. Passe encore de l'écrire, oui. Mais la jouer ! Interpréter tous les soirs ce rôle, tous les soirs tenter de faire rire en prime un public anonyme qui lorsqu'il ne riait pas m'angoissait, et lorsqu'il riait me scandalisait. Quoi ? Comment ? Ces gens rient du malheur des miens ? De mon propre malheur ? Du malheur de ma maman ? Avec ça, le succès, le grand succès, s'accompagnait de son lot de propositions alléchantes qu'une rage en moi m'obligeait à repousser le plus brutalement et le plus grossièrement possible.

Tous les matins, vers cinq heures, je me réveillais, persuadé que je ne pourrais pas jouer le soir : ma voix, ma gorge, mon cœur, mon dos, ma tête. Durant la journée je ne parlais pas, bouche cousue, pas un mot. Et si jamais je tentais de parler, c'était un aboiement haineux qui sortait. Je ne devais pas parler soit, mais encore moins crier. Or je ne savais plus parler qu'en criant. « Ce soir je ne pourrai pas jouer ! ! ! »

En fin d'après-midi tu désertais ton atelier à toi, rue Saint-Denis, pour courir me faire manger avant que je parte vers mon Atelier à moi. J'étais devenu carnivore. Tu me voyais dévorer d'énormes steaks saignants. Ça te révulsait, toi qui ne te nourrissais, question viande, que de morceaux de semelle de soulier varsovien. Moi, il me fallait de la viande rouge, des calories. Par gestes, je réclamais le sel, le poivre, la moutarde, le pain, puis je partais pour le théâtre comme un condamné à mort marche vers son supplice. Je te marmonnais que je ne pourrais sans doute pas jouer ce soir, je n'en aurais pas la force, tu tentais de me rassurer, tout en étant toi-même et malgré toi mortellement inquiète. Olga aussi s'y mettait, du haut de ses dix douze ans, elle se touchait le front de l'index en me fixant, quand elle croyait que je ne la voyais pas, tandis que je t'expliquais, par signes moi aussi, que j'allais m'écrouler en route sans jamais atteindre le théâtre.

Tu appelais le théâtre du Gymnase une heure après mon départ, tu t'informais.

« Est-il arrivé ?

– Bien sûr, madame Grünberg.

– Il va bien ?

– Parfaitement bien, madame Grünberg, pourquoi n'irait-il pas bien ?

– Alors vous allez jouer ce soir ?

– Bien sûr, madame Grünberg, pourquoi ne jouerions-nous pas ? Nous sommes complets madame Grünberg, complets. »

Alors tu te jetais dans un taxi et tu venais te glisser dans la salle à la dernière sonnerie pour y constater que je pétais le feu sur scène et que ma voix tonitruante te faisait mal aux oreilles.

Ensuite nous rentrions à la maison après avoir fêté avec d'autres le succès de la soirée, en attendant qu'à cinq heures pile je me réveille de nouveau, sans voix, sans forces et sans courage, souhaitant qu'au moins une des comédiennes se blesse ou se casse carrément la patte afin que nous ne puissions pas jouer le soir, et même durant une petite semaine, et même, si possible, ne jamais reprendre.

Cela aurait pu continuer ainsi jusqu'à la fin de la série ; j'étais épuisé, certes, à moitié dingue, soit, mais finalement je tenais le coup. Jusqu'au soir où, au lieu de m'attendre dans ma loge ou dans le hall, tu t'es glissée en coulisses, puis sur le plateau. Une fois rentrés à la maison, avant de nous coucher, tu me dis que tu m'avais vu serrant dans mes bras l'une de mes partenaires. « Juste un geste de tendresse », te dis-je en haussant les épaules. Tu me clouas alors au tapis d'une seule réplique : « Je préférerais t'avoir vu baiser plutôt qu'échanger un geste de tendresse avec qui que ce soit qui ne soit pas moi ! »

Tu ne revins jamais ni sur cette soirée, ni sur ta réplique, mais pour moi elle fut l'étincelle qui fit exploser mon « moi », disparaître mon « surmoi », et me laissa seul face à un « ça » gigantesque et sans pitié.

Quarante ans plus tard, et après quelques mois et années, à raison de trois séances par semaine, chez un psy silencieux qui m'offrit pour les jours de gros temps un anneau solide afin d'y amarrer ma barque démâtée, un havre pour y attendre au sec que le beau temps revienne, il est revenu, et nous nous sommes retrouvés sans jamais nous être quittés.

Pendant ce temps hors du temps j'ai grandi, j'ai vieilli, je suis sorti malgré moi de l'enfance cachée. Tu m'y as aidé par ta présence, ta patience, ta bonté, ton énergie, ton amitié, ton amour, et surtout ta tendresse. Olga aussi y a contribué, par sa jeunesse, sa beauté, son énergie, son désir de vivre et de créer. Face à elle je devais sortir de l'enfance. Peu à peu j'ai même accepté de jouer le rôle que le sort et ton amour m'avaient confié et que je pensais ne pas pouvoir tenir tant ce rôle semblait ne pas être écrit pour moi. Je devins malgré tout, malgré moi, un homme, un mari et un père.

Au cœur d'une nuit pas si lointaine, tu m'as demandé si la psychanalyse, durant ma dépression, m'avait réellement aidé. Très beaucoup, t'ai-je répondu avant de te couvrir de baisers. Aujourd'hui je peux compléter ma réponse. Elle m'a surtout fait comprendre très vite que l'ennemi qu'il me fallait traquer et vaincre était tapi au fond de moi, pas en toi. Tu m'as aussi demandé une autre fois si j'avais eu durant cette dépression des tendances suicidaires. Suicidaires non, meurtrières oui.

Varsovie

De toutes les villes que nous voulions visiter et que nous n'avons jamais visitées, Varsovie fut celle qui te tenait le plus à cœur. C'était comme s'il te fallait y retourner absolument alors que tu n'y avais jamais mis les pieds, mais les récits que t'avait faits ta mère de sa jeunesse varsovienne vivaient en toi. Oui, c'était la ville de sa jeunesse, et de celle de ton père également, mais lui semblait n'avoir gardé aucune affection ni nostalgie de Varsovie, des Varsoviens, de la Pologne, des Polonais en général.

Ta mère, elle, aimait la Varsovie d'hier, celle d'avant-guerre – d'avant même la guerre de 14 –, d'avant la grande catastrophe. Il faut dire, et c'est ce que tu m'en as dit, que les jeunes garçons juifs de Varsovie ne fréquentaient pas les écoles publiques polonaises, ils allaient au *heder*, puis à la *yeshiva*, et enfin, très vite dans les classes populaires, au boulot. Ils ne parlaient entre eux que le yiddish. Les filles, elles, fréquentaient les écoles polonaises. Ainsi, des amitiés naissaient entre juives et Polonaises, si si si. Ta mère avait emporté avec elle tous les sourires qu'elle avait récoltés enfant et jeune fille dans les rues de Varsovie. Elle les avait gardés dans son cœur. Comme toi elle n'avait jamais cessé de se faire draguer, à Varsovie ou à Paris. Ton père, lui, ne se souvenait que d'affrontements entre youpins et polacks. Des bagarres, des rixes, des traversées de la Vistule à la nage pour échapper aux gourdins des hooligans.

Quoi qu'il en soit, toi tu voulais aller à Varsovie et y ramener ta mère. Avec Rosette vous parliez de ce voyage. Puis ton père est parti tôt, trop tôt, et ta mère à son tour l'a rejoint. Tu parlais toujours d'aller à Varsovie avec Rosette, Olga, et moi bien entendu. Et moi je ne voulais y aller que lorsqu'on y jouerait une de mes pièces afin de ne pas y aller en touriste. Et puis, et puis, une fois à Varsovie, il aurait fallu pousser plus loin. Treblinka ? Majdanek ? Auschwitz ? Nous reculions le voyage.

Un jour pourtant je dus partir à Varsovie. Nous adaptions, Costa-Gavras et moi, un roman polonais, *La Petite Apocalypse*, et nous devions rencontrer son auteur, Tadeusz Konwicki. Je partis donc à Varsovie avec Costa pour un jour ou deux. Toi, tu ne voulais pas partir à Varsovie pour une seule journée.

Une fois installé à l'hôtel, Costa dut se rendre à une obligation officielle. Je choisis de rester à l'hôtel, désireux de faire un tour dans ce quartier qui avait été autrefois une partie du ghetto. Je demandai donc à l'homme aux clés, qui n'était ni empressé ni même sympathique, si je pouvais voir, par exemple, le théâtre yiddish, le bâtiment enfin…

« L'ancien ou le nouveau ?

– Disons l'ancien, pourquoi se priver si on a le choix.

– Vous y êtes.

– J'y suis ?

– Oui.

– Comment ça j'y suis ?

– L'hôtel est construit sur les ruines de l'ancien théâtre yiddish. »

Oui, oui, chérie, tu n'aurais rien vu. Tu n'aurais rien vu à Varsovie, il n'y a plus ni une âme juive, ni pierre sur pierre dans l'ancien ghetto. Rien ne reste de la Varsovie juive. Toi, tu connaissais cette Varsovie et son ghetto comme ta poche. Je t'avais dégagé une planche dans ma bibliothèque et je la garnissais de tous les ouvrages qui traitaient du ghetto, de sa liquidation et de sa résistance, et il y en a eu de plus en plus au fil des ans. Tu lisais tout. Tu savais tout. De la rue Djika où ta mère et ton père étaient nés, dans la même immense cour que tu voyais, me disais-tu, sans jamais l'avoir vue, et alors qu'elle n'existait plus. Tu savais tout de la rue Mila où le père de ta mère avait son atelier. Tu savais qu'au 38 de la rue Nalevsky il y avait eu, au tout début du ghetto, une soupe populaire qui servait aux nécessiteux une soupe non *cacher* avec l'autorisation spéciale du grand rabbin. Il n'y avait bientôt eu plus de soupe, *cacher* ou non, tous les habitants étant devenus nécessiteux, affamés, puis morts. Tu savais que dans la rue Mila une cave avait servi d'abord de *yeshiva* clandestine avant de finir bunker, l'un de ceux qui résistèrent jusqu'au bout de l'insurrection.

Tout le quartier a été reconstruit à la stalinienne. Les noms des rues ont été conservés, mais les rues n'existent plus, ce sont d'autres rues. Tout est fait pour que nul ne se souvienne des âmes mêmes de ceux qui avaient vécu là, qui y étaient morts. Je regrette quand même de ne pas avoir été capable de t'y accompagner. Il aurait suffi que j'organise moi-même ce voyage dans le passé, mais je n'ai jamais rien su organiser de ma vie, ni dans le présent, ni dans le passé.

Oui, je regrette ce voyage à Varsovie, à Cracovie ou à Vilno, toutes ces villes que nous avons partagées dans les livres et les récits, dans les sourires et les larmes de ta mère. Il fut aussi question de nous rendre à Brody pour y retrouver les traces des parents de ma mère, et pour Joseph Roth aussi bien entendu. Dans quel pays est Brody aujourd'hui ? En fait, nous n'avons été tous deux qu'à Galatz, ville natale de mon père, lors du tournage en Roumanie d'*Amen*. J'ai écrit dans un autre ouvrage que j'avais tenté d'y être ému. Rien de juif, rien ne subsistait, sinon une synagogue fermée et un vieux cimetière juif peuplé de noms de famille familiers.

Partout où nous allions toi et moi, nous visitions les cimetières juifs, c'était notre façon de fréquenter le passé. À la Barbade même, un jour où le soleil t'a trop grillée, nous décidons de visiter la ville, et quelle n'est pas notre surprise de découvrir sur le plan une place de la Synagogue. Ni une ni deux nous nous y précipitons. Oui, il y a bien une place de la Synagogue, mais pas la moindre synagogue en vue. Juste un panneau indiquant au passant que sur cette place il y eut jadis une synagogue qui fut détruite par les « hurricanes ». Tout de suite nous voyons des Indiens antisémites, nous sommes réellement maudits ! En pleine mer des Caraïbes, nous les voyons dans leurs frêles embarcations débarquer sur une plage, nus, revêtus de leurs couleurs de guerre, et brûler la synagogue après avoir massacré la population juive que nous imaginons très restreinte. Il nous a fallu quelques heures pour traduire « hurricane » par « tempête tropicale ».

Et puisqu'on évoque notre passé de touristes, te souviens-tu de Saint-Thomas, l'île natale de Pissarro. Pissarro est juif, t'ai-je dit, il doit y avoir un cimetière juif. Il y en a un, mais sa visite est interdite. Par contre nous pouvons visiter la synagogue. On y va. Elle est splendide, elle brille sous le soleil, blanche et or. À l'intérieur, même splendeur, mais une faute de goût terrible, le sol est jonché d'un tapis de sable qui cache la beauté du carrelage. Comment peut-on tolérer une telle négligence dans un lieu de culte ? Tu t'indignes, je m'énerve. Pourquoi ne pas enlever ce sable ? Tu poses la question à l'un des hommes présents, qui te répond dans un sourire : « Ce sable est là pour rappeler que la communauté qui a construit cette synagogue, venant d'Espagne, des marranes pour la plupart, voulait garder en mémoire le lieu de culte qu'ils avaient aménagé dans leurs demeures espagnoles, une pièce dont le sol était recouvert de sable afin de montrer qu'il ne s'agissait pas d'un lieu de culte. Le sable étouffait aussi les chants et les prières. » D'une oppression à l'autre les juifs, sous tous les climats, ont résisté à leur manière.

À Saint-Martin, dans la partie française de l'île, nous avons rencontré une dame – t'en souviens-tu ? – qui vendait des chaussures, des nu-pieds disons. Il faisait 45 degrés à l'ombre. Elle nous invita à manger un bouillon *knaïdler* un vendredi soir. Tous les vendredis elle faisait son bouillon. L'autre ashkénaze de l'île venait le partager avec elle et ils parlaient yiddish comme chez eux, à Varsovie.

Toi, Jean-Paul Sartre, les juifs et Ahmed

Nous avons beaucoup discuté, aux terrasses des cafés et autres lieux, pendant toutes ces années passées face à face, coude à coude, puis corps à corps. Discuté de tout et surtout, surtout de nous. Nous, c'est-à-dire nous « juifs ». Je me souviens très précisément de notre première discussion à ce sujet. Nous n'en étions pas encore au rapprochement des corps, c'était l'époque ambiguë de l'Ambigu.

Tu étais venue me chercher au théâtre pour tromper ta solitude et avant de nous quitter, à deux pas de chez tes parents, tu m'as dit, je ne sais à quel propos, que Jean-Paul Sartre pensait que les juifs restaient juifs à cause ou grâce à l'antisémitisme. Bien sûr, pas plus que toi je n'avais lu l'ouvrage dans lequel Jean-Paul était supposé avoir déclaré la chose.

Les juifs sont juifs, te dis-je alors sans réfléchir, parce que leurs parents l'étaient et que les parents de leurs parents l'étaient également, et ainsi jusqu'au début de l'histoire des juifs qui se trouve être le début également de la civilisation occidentale. Et c'est cette histoire vécue par les générations précédentes qui fait que les juifs sont juifs, par leur culture, leur religion passée, bien entendu, et c'est tout cela qui fait qu'il y a encore des humains aujourd'hui qui se disent ou se prétendent juifs. Les antisémites, eux, n'ayant contribué de tout temps qu'à la destruction des juifs.

Les nazis et leurs complices européens ont éliminé la moitié des juifs vivants dans le monde. La moitié, mais la presque totalité des juifs européens. Ils n'ont donc que très peu contribué à leur conservation !

J'ai poursuivi, je m'en souviens comme si c'était hier, disons avant-hier, comme si ta présence, ton intérêt, ton écoute, ton regard sur moi m'obligeaient à parler, à parler comme je n'avais jamais encore parlé, ni même pensé.

Aujourd'hui, je sais que ce qui nous a fait choisir de rester juifs, ce qui nous a empêchés de rejeter le fardeau du judaïsme d'après-guerre, d'après le génocide, c'est que nous sommes fils et filles de cette histoire, même si nous ignorons tout de la religion – le Talmud, la Kabbale, la Torah –, nous sommes la première génération de l'après-génocide, ceux qui ont survécu par chance et par hasard, qui ont été, comme toi et moi, à deux doigts d'y passer. Ceux qui ont failli ne pas avoir de vie. Il nous a fallu presque toute notre vie pour arriver à reconnaître que nous sommes des survivants du grand massacre et c'est aussi ce qui nous a unis, toi et moi.

Depuis ton départ je pense beaucoup à ce lien, ce lien que nous n'avons pas eu à tisser préexistait bien avant notre rencontre, en examinant le détail du convoi qui emporta mon père vers Auschwitz-Birkenau, nous nous sommes aperçus que dans ce même convoi étaient partis un oncle et une tante à toi, une sœur de ta mère. Peut-être que dans la grande obscurité du wagon à bestiaux, ton oncle ou ta tante ont évoqué la lumière dans tes yeux, la lumière dans les yeux immenses de leur nièce. Et qu'à son tour Zacharie aura fait allusion aux deux fils qu'il laissait derrière lui dans la gueule du loup. Bien des fois tu m'as raconté comment ta mère, si gaie, si vivante, si courageuse, si travailleuse le jour, pleurait la nuit sur les siens qui étaient partis, ses sœurs et frères disparus.

Dans ton porte-cartes, j'ai découvert peu après ton départ, entre quelques photos d'Olga et de Paul, ton frère, une liste pliée écrite de ta main. Une liste qui recensait les dates de naissance et les noms et prénoms de tes tantes et oncles, et l'indication de leur départ en déportation, soit de Paris, soit de Varsovie.

Oui, nous avons discuté de tout sans fin, sans fin.

Par contre je me souviens de très peu de discussions ayant trait directement à la sexualité, comme si dans nos rapports le sexe n'existait pas, alors que pour moi comme pour toi, il était, j'espère, le centre de nos préoccupations constantes. Un jour pourtant, tu m'as dit que si mon éjaculation précoce me gênait, je pouvais en parler avec un médecin. Je t'ai alors demandé si ça te posait à toi un problème. Tu m'as répondu que ça ne t'en posait pas vraiment.

Il n'y a pas si longtemps, lorsque ma prostate fut inondée d'hormones féminines et de rayons gamma, je t'ai déclaré qu'en fin de compte nous formions tous deux et depuis longtemps un couple de gouines tout à fait respectable et sympathique. Toi tu mettais ma précocité éjaculatoire sur le trop-plein d'amour que j'éprouvais pour toi, une forme d'hommage à ta beauté, soit. Mais les hormones et la radiothérapie m'ont prouvé que cette forme de sexualité n'avait rien à voir avec l'amour. Je ne bandais plus, mais je t'aimais toujours, et même davantage. Je te désirais toujours.

Jeune homme, en revanche, j'avais l'impression de vivre avec un os dans mon pantalon, ce qui me gênait beaucoup pour m'asseoir face à la machine à coudre. Mais hélas, je n'aimais personne, et personne ne m'aimait. Et je craignais de passer toute ma vie ainsi, dans cet état lamentable et peu enviable. Nous étions, nous les garçons, j'étais, il y a trois quarts de siècle, bandants, désirants. Qui ? Quoi ? Nous n'en savions rien. Je ne connaissais rien du sexe dit faible. Pour qui n'avait pas de sœur, la nature des femmes était « terra incognita ». En fait, tout en ne pensant qu'à ça, nous ne savions rien des femmes, de leur beauté, de leur nudité. On imaginait, on tentait de dompter des désirs obsédants, sans rien connaître de ce qui nous obsédait. Le moindre frôlement, une poignée de main, une voix entendue, un geste, une odeur, nous faisaient tressaillir, nous rendaient désirants. De quoi ? De qui ?

En somme, nous les garçons, séparés des filles à l'école et partout, nous devions tout faire pour arriver un jour ou l'autre, le plus tôt possible, à glisser notre zizi dans ce quelque chose dont nous ignorions la forme, le fond, et même la fonction, et qui malgré tout nous attirait irrésistiblement tout en nous effrayant.

Je ne t'ai jamais raconté durant ces quelque soixante années ma presque première fois. C'était une professionnelle plus près de la retraite que de ses débuts, choisie ainsi pour ne pas risquer d'en tomber amoureux. On est romantique ou on ne l'est pas. Si bien qu'une fois dans la chambre sordide et obscure, lavé par ses soins, mon oiseau se rétracta, baissant obstinément la tête. La professionnelle me recommanda de penser à quelque chose de sale, quand soudain un bruit, un cri, provenant d'une des chambres voisines, l'obligea à se saisir d'une sorte de nerf de bœuf et à quitter la pièce précipitamment en s'excusant : « Je reviens dans deux secondes, mon p'tit, ma collègue a besoin d'un coup de main. »

Avant de refermer la porte, elle me redit avec une grande conviction et son accent de Toulouse : « Pense fort à quelque chose de sale, petit ! » Et elle referma la porte. Une fois seul je me sentis soulagé. J'eus soudain le désir de me rhabiller et de quitter rapidement ce lieu.

Elle revint quand j'étais sur le point de sortir. Elle me donna alors un conseil gratuit de professionnelle – je l'avais payée d'avance comme il se doit : « Avec l'engin que tu trimballes, faut que tu baises au moins trois fois par jour, si si, c'est pour ta santé que j'te dis ça. » Pour ma santé, je savais déjà que je ne devais pas trop souvent tirer sur l'élastique mais là, trois fois par jour, trois fois par jour ? ! Une fois dans la rue, je constatai, rageur, que dans ma débâcle je n'avais même pas eu la présence d'esprit de jeter un œil sur la partie secrète de la dame. Pour me consoler, je me dis que dans l'obscurité, vu ma vue basse, je n'aurais rien vu du tout. Après, après j'ai connu d'autres professionnelles et j'ai toujours évité d'avoir des relations avec des copines, les rares fois où cela s'est présenté, dans le but d'éviter le mariage. Elles voulaient toutes se marier. Et tous mes copains voulaient se marier aussi : quitter leur famille pour en fonder une. Moi je ne voulais surtout pas quitter ma maman. Et surtout je ne voulais pas être responsable de quoi que ce soit ni de qui que ce soit. Avoir des enfants, un foyer, tout ça, non merci. Et il a fallu que je tombe sur toi…

Oui, tout compte fait, tu sais, chérie, j'ai eu beaucoup, beaucoup, beaucoup de chance. Comme disait ma maman : « T'as vraiment d'la chance dans ton malheur. » Oui, j'ai eu la chance de te rencontrer et, je ne sais ni pourquoi ni comment, d'être aimé par toi et adopté par ta famille.

Jusque-là, je ne savais pas ce qu'était un père. En vivant avec toi j'ai vécu aussi, d'une certaine façon, avec ton père, et ta mère, et Paul, et Rosette. Et je me suis senti aimé, ou au moins accepté. Choisi par toi et du coup accepté par eux, avec mes défauts et mes modestes qualités de comique troupier. Ton père, bien qu'il t'ait déconseillé pour ton bien de te remarier avec moi, ne m'a jamais été hostile. Il a accepté ton choix et nous a aidés. C'était un homme secret, réservé, très fort physiquement et moralement. L'un de ces hommes d'une génération de pionniers, dirait-on aux États-Unis. Parti de Pologne, sans un sou, il a réussi avec ta mère à faire sa vie, en France, sa vie et la vôtre, la nôtre, malgré tout, malgré la guerre, l'antisémitisme, la xénophobie galopante.

Tu m'as raconté une histoire qui éclaire ton père d'une lumière quasi hugolienne. Lorsque vous avez dû quitter la République, la place, l'appartement somptueux, l'atelier vaste, vous avez trouvé un local commercial rue Saint-Denis. Vous ne pouviez y habiter. L'un des premiers soirs, alors que ton père fermait la porte de ce nouvel atelier, un jeune homme l'aborda et lui demanda si par hasard il n'aurait pas un emploi pour lui. Il arrivait du Maroc, il s'appelait Ahmed. Il était timide, il fit sa demande respectueusement mais sans conviction, sans y croire vraiment. Il avait essuyé déjà tellement de refus. Ton père engagea la conversation avec lui sur ce pas de porte puis l'emmena au café d'à côté. À la fin de la conversation il posa un trousseau de clés sur la table, près de la tasse de café d'Ahmed, et lui dit : « Demain matin, à huit heures moins le quart, tu ouvriras l'atelier. » Ahmed ne voulut pas prendre les clés, il n'avait pas où dormir, il ne savait pas où il serait demain matin à sept heures. Ton père lui dit : « Dors dans l'atelier cette nuit, demain je te trouverai un logement. » Le lendemain, à huit heures moins le quart, Ahmed ouvrit l'atelier de l'intérieur et accueillit les ouvrières. Le soir même il était déjà installé dans une piaule que ton père lui avait trouvée.

Ta mère lui apprit à repasser et même quelques mots de yiddish, et quand elle chantait, en yiddish bien sûr, Ahmed faisait la seconde voix et l'accompagnait en tapant avec son fer sur la table. Aujourd'hui il vit sa retraite à Agadir avec son épouse et l'une de ses filles. Avec qui chante-t-il en yiddish à Agadir ?

Grâce à ton père, à ta mère, et à toi, j'ai pu jouir moi aussi de la vie dans une famille juive complète, parlant yiddish, une famille ashkénaze tournée vers la vie, l'avenir et l'espoir, une famille équilibrée et généreuse. Il suffisait de dire à ton père : « Il me faut… » Aussitôt il te coupait : « Combien ?

– Non mais c'est pour…

– Combien ? »

Même en faillite, même en crise, même en pleine mauvaise saison, et il y en eut, même si c'était l'été en hiver ou l'hiver en été, l'argent n'existait que pour faire plaisir.

Oui, j'ai eu beaucoup de chance d'être ainsi accepté par toi et les tiens. J'ai eu de la chance dans mon malheur. Et maintenant – injuste retour des choses ? – j'ai du malheur dans ma chance et un doute au fond de mon cœur : est-ce que toi aussi, chérie, tu as eu de la chance ? Autant de chance que moi ?

Non, décidément, ce ne sont pas les antisémites qui m'ont rendu au fil des ans et des décennies de plus en plus juif, c'est l'amour, ton amour, notre amour.

Et s'il se trouve quelque lecteur

Et s'il se trouve quelque lecteur éventuel friand d'histoires d'amour au long cours, qu'il ne tourne cependant pas les pages trop vite ou trop fort, et ou, au contraire, si le livre l'indispose, qu'il ne le jette pas à terre ni ne le piétine. Ce livre, ultra-sensible, peut se défaire au moindre incident, et ses pages s'éparpiller, rendant ainsi tout ravaudage impossible. S'il arrive qu'il se défasse, et si par extraordinaire le lecteur éventuel souhaitait en continuer la lecture, qu'il ramasse les pages en vrac, sans s'inquiéter de leur ordre, ni même s'il en manque, et qu'il continue de lire dans n'importe quel sens, l'auteur lui-même ignorant l'ordre optimal des pages, des souvenirs, des rêves, des délires et des larmes. Et si le lecteur est pressé de connaître la fin de cette histoire d'amour, qu'il sache que la situation n'évolue pas, qu'elle reste, hélas, constante au fil des pages et du temps. L'héroïne de ce livre ne revient pas à la fin.

« Si ! Si ! crie le lecteur résilient. Elle reviendra ! Elle reviendra te prendre dans ses bras en se jetant dans les tiens. Vos lèvres se… »

Ouais, ouais, OK, OK, merci, merci, belle fin, très belle fin, mais moi je n'ai jamais été très fort question fin – fin de livre, fin de vie, fin de repas, fin du monde, fin de tout.

Je sais bien qu'après la fin de l'écriture de ce livre, il continuera à s'écrire dans ma tête, fracassé par les forces noires de ma mémoire, jusqu'à ce que le mot « fin » surgisse enfin dans la rubrique nécrologique du *Monde* : « J.-C. G. Auteur dramatique qui fut comique et qui ne l'est plus. »

Le 4 mai 2020

Le 1er mai 2020, au matin, j'arrache le mois d'avril vierge de tout rendez-vous et le mois de mai m'apparaît, nu. Le picotement de mes yeux me dit que ça ne va pas être de la tarte de célébrer les deux anniversaires contradictoires d'un coup : 4 mai 1970, la plus belle date de notre union, naissance d'Olga, et le 4 mai 2019, un an déjà. Un an, je n'arrive pas à y croire. Le temps, ce maudit, ce pourri, se rit, se joue de moi, de nous. Un an. Mais pour moi c'était hier ! Et en même temps, c'est comme si ça n'avait jamais eu lieu. Tu vas rentrer et t'informer en passant : « Quel chef-d'œuvre es-tu encore en train de nous pondre, chéri ? »

Quoi qu'il en soit, le 4 mai, jour anniversaire du don et de la perte, j'ai revu Olga et Jeanne. Pourquoi revu ? Parce que je ne les avais pas vues depuis deux mois. Pourquoi ? Si tu veux bien, je tenterai de te l'expliquer un peu plus tard, c'est compliqué. Elles sont venues déjeuner et pour les accueillir j'avais débarrassé la table du salon. Si si, débarrassé de tous les brouillons et autres débris de papiers accumulés depuis des siècles. La table, ainsi mise à nu, m'a ému, comme elle t'aurait émue. J'ai pensé à ta joie lorsque tu l'as découverte chez Mapple, il y a plus d'un demi-siècle.

Le soir du 4, j'ai tenu à rester seul, avec toi, et je n'ai pas voulu écrire, par peur de me laisser envahir par le désespoir qui rôde. Je me suis donc installé face à la téloche et je me suis enfilé, sans les mâcher, film sur film, coup sur coup. Je ne me souviens même pas des titres. À l'heure approximative de ton départ, 23 heures 20 – pourquoi ne pas mourir aux heures de bureau ? Pourquoi attendre la nuit et partir ainsi en catimini ? –, je tombe sur un film italien de 1951 : *Paris est toujours Paris*, titre traduit de l'italien. C'est l'histoire, d'après la notice du *Télérama* consulté après visionnage, d'un groupe de supporters italiens venus à Paris soutenir leur équipe.

N'ayant pas pris le film au début, je n'ai pas vu le foot mais j'ai suivi les supporters dans leur visite de « Paris la nuit » en 1951. Pigalle, la place Blanche, Montparnasse, les boîtes de strip' sordides et de travestis du quatrième âge, les rades borgnes avec champagne frelaté et attractions bidon, tout ce petit monde du « Paris la nuit » vivotant aux crochets de touristes économiquement faibles, d'esprit et de monnaie.

Toutefois, l'une des jeunes femmes entraîne son amoureux d'un soir dans un théâtre à Montparnasse, où, lui a-t-on dit, se produit un chanteur, jeune et beau, d'origine italienne. Je la suis donc. Et qui vois-je apparaître sur la scène de ce théâtre, donc sur notre écran ? Qui ? Yves Montand ! En 1951 ! C'est dire s'il est jeune, et c'est peu dire qu'il est beau. Il brille comme un diamant dans sa chemise d'ouvrier chanteur d'espoir. Et qu'est-ce qu'il chante ? *À Paris. À Paris*… Paroles et musique de Francis Lemarque. En 1951 tu as treize quatorze ans, moi onze douze, tu as déjà vu, ou tu vas voir prochainement Yves Montand au Théâtre de l'Étoile. Moi je le verrais, deux ou trois ans plus tard, toujours à l'Étoile, un soir de dernière, debout, en fond de salle, applaudissant comme un dément.

Francis Lemarque, Nathan Korb, apprenti maroquinier, chantait dans les cours avec son frère Maurice, puis, au temps du Front popu, avec le groupe Octobre, non, le groupe Mars, proche cousin du groupe Octobre, des textes de Prévert, avant d'écrire les siens. Nous connaissions et aimions la sœur de Francis, Mauricette de son nom de guerre, qui chantait elle, dans les années 80, dans les rues de Paris, juste pour son plaisir et celui des passants de ce Paris populaire. Comme Francis elle chantait l'espoir, l'amour et la justice sociale. Francis Lemarque finit même par jouer un vieux juif dans une télé écrite par mes soins, tsoin-tsoin. Et ce soir, ce 4 mai, ce fut comme s'il était venu pour toi, chanter dans ta télé *À Paris*, par la voix d'Yves Montand, qui lui aussi voulait te rendre hommage, t'accompagner, et me soutenir.

À Paris
Quand un amour fleurit
Ça fait pendant des semaines
Deux cœurs qui se sourient
Tout ça parce qu'ils s'aiment
À Paris

Pendant ce temps, les supporters, eux, glissent de plus en plus bas dans le fin fond des bas-fonds de « Paris la nuit ». Je les suis à contrecœur, et qui vois-je soudain passer ? Tu ne vas pas me croire. L'homme, l'acteur que tu préféras, le séducteur malgré lui, la star qui jouait comme s'il n'y avait jamais de caméra : Marcello Mastroianni, notre voisin du dessus, rue de Seine. Lui que nous croisions et recroisions dans les escaliers ou l'ascenseur, celui à qui tu n'osais pas adresser la parole et qui, le jour où tu osas enfin le féliciter pour un film vu, ou plutôt revu la veille à la télé, te fit cette réponse : « Madame Griberg, jeune, j'avais trois métiers : le premier les femmes, le deuxième le pinard, le troisième le cinéma. Le jour où on a tourné la scène dont vous parlez, j'avais abusé des deux premiers la veille au soir, et alors je me suis assoupi pendant le tournage de cette scène, c'est ce qui lui a sans doute donné cette impression d'émotion contenue, non ? ».

Marcello, c'est sûr, avait lui aussi rendez-vous avec Yves Montand et Francis Lemarque, pour que tous les trois te disent qu'ils t'attendaient dans les étages supérieurs. Marcello disparut comme il était apparu, simplement, car c'était la fin du film. La jeune fille admiratrice de chanteurs italiens étreint son amoureux d'un jour sur un quai de la gare de Lyon. Elle reste à Paris et lui repart. Au départ du train, Montand réapparaît, en gros plan cette fois, et tandis que le train s'époumone, il chante *Les Feuilles mortes*. Et c'est comme s'il était venu dire notre douleur et nous en soulager.

Ah je voudrais tant que tu te souviennes
Des jours heureux où nous étions ...

Merde, je n'ai pas voulu au soir de ce 4 mai laisser le désespoir s'emparer de moi, et me voilà au bord des larmes, seul sur ce quai, alors que le train part et que j'agite mon mouchoir pour te dire à jamais au revoir.

Corona

Comme promis je vais tenter de te dire pourquoi je n'ai vu ni Jeanne ni Olga pendant près de deux mois. En fait je ne sais pas comment m'y prendre, ni par où commencer. Je ne sais même pas envisager et encore moins résumer la chose.

Bon, disons qu'au début un Chinois dans une ville chinoise eut de la fièvre et en mourut. Ensuite d'autres Chinois eurent de la fièvre et en moururent. Et cela continua comme ça. Le gouvernement chinois alors, devant le nombre de morts qui augmentait jour après jour, décida de cloîtrer ou confiner les habitants de cette petite ville chinoise de vingt millions d'habitants, puis de confiner toute la région pour échapper à la contagion. Soixante millions de Chinois furent donc condamnés à rester chez eux sans autorisation de sortir. Le monde entier alors s'est mis à rire : soixante millions de Chinois cloîtrés, confinés ! Moi-même j'ai ri, chérie. Voilà le résultat de la politique capitalo-communiste !

Et puis, deux mois à peine après la Chine, ce fut le tour du monde entier. Des milliards d'individus du jour au lendemain furent cloîtrés et durent rester chez eux. Alors plus personne ne rit. On donna un nom à cette saloperie : le coronavirus. On nous autorisa, car nous étions en démocratie, à sortir une petite heure par jour, masqués de préférence, mais voilà, il n'y avait pas de masques à vendre ni à donner. Je sortis donc et je pus voir les cafés fermés, les magasins aussi, plus de voitures, peu de passants, Paris désert et déserté. Et je me disais que si tu étais là, à côté de moi, avec moi, à voir ta ville dans cet état, tu pleurerais. Rends-toi compte, pas un endroit où s'arrêter pour prendre ne serait-ce qu'un déca, pas une vitrine à regarder, pas un magasin où entrer, pas de restaurant bien sûr, pas de théâtre, pas de cinéma, pas de terrasse pour s'installer, pour causer, toi fumant, moi toussant. Quelques boulangeries, petites épiceries et grandes surfaces sont ouvertes. Mais pour y entrer, il faut faire la queue dehors et se tenir à distance d'au moins un mètre de la personne te précédant et de celle qui te suit.

Le mal continue à prospérer. On fait quotidiennement le compte des morts du jour. On ne sait ni comment ça s'attrape, ni comment on en guérit. Et comme disait La Fontaine dans ses « Animaux malades de la peste » :

Ils n'en mouraient pas tous, mais tous étaient frappés.
Ni Loups ni Renards n'épiaient

La douce et innocente proie.
Les Tourterelles se fuyaient ;
Plus d'amour, partant plus de joie.

« Plus d'amour, partant plus de joie. » Dans ce monde confiné, je t'ai cherchée et peu à peu j'ai eu l'impression que tu t'éloignais de moi et que je m'éloignais de toi. Comme si d'être plongé dans un malheur universel t'empêche de cultiver ton propre malheur. Je ne pouvais plus écrire, ni même penser à toi. Je ne pouvais plus te retrouver, ni dans mes rêves, ni sous ma plume. Ce n'était que fugitivement et par surprise que tu surgissais, que tu revenais, par bouffées, me tordre les boyaux, me couper la respiration et me brûler le bord des yeux.

Voilà, nous en sommes là, plus d'amour, partant plus de joie. Je suis seul à la maison et je me console en me disant que toi au moins tu as échappé à cette saloperie. Oui mais d'un autre côté, ç'eût été bien d'être confinés toi et moi, l'un dans l'autre. Non, non, l'angoisse, l'angoisse de te voir malade m'aurait saisi, comme l'angoisse de me voir malade t'aurait prise.

Maintenant tu es en droit de me demander ce que signifie cette malédiction. J'ai une idée, mais je n'irai pas la dire à la télé, ni la propager par voie de presse ou autre moyen de communication dont je suis d'ailleurs absolument dépourvu. Je pense, vois-tu, que c'est le premier avis sans frais que le propriétaire de la planète, quel qu'il soit, qu'il existe ou non, adresse à ses locataires peu scrupuleux. Locataires qui pensent être devenus eux-mêmes les propriétaires et qui se conduisent sur la planète comme chez eux, c'est-à-dire comme des sagouins, des salopards disons, pour ne pas insulter les espèces. Des locataires qui pillent les sols, coupent les arbres, tuent les animaux, liquident les espaces verts, font de plus en plus de saccages sur cette planète qui fut conçue pour Adam et Ève et qui abrite aujourd'hui neuf milliards d'individus, tous susceptibles d'attraper puis de propager le corona. Le proprio a tous les droits, il peut nous virer, nous envoyer nous faire voir ailleurs, sur Mars ou Vénus. C'est d'ailleurs incroyable et troublant que nous soyons à deux doigts d'aller visiter Mars et dans l'incapacité de trouver un traitement pour stopper et faire cesser cette saloperie. Enfin peu à peu je m'y suis fait, j'ai repris goût et je t'ai retrouvée, dans le passé et dans le présent, sur la feuille blanche de la mémoire.

Petite précision au sujet de ma santé : je me sens toujours aussi mal mais je me plains beaucoup moins. Le fait que tu ne sois plus là pour m'écouter, me consoler, me remonter le moral, fait que je n'ai plus de raisons de me plaindre. Et, tu le sais, moins tu te plains, plus tu as mal.

Je t'embrasse et t'enlace.

Rêves

Chérie, je t'ai souvent raconté ce rêve, aussi récurrent que ridicule, qui m'a persécuté bien au-delà de mes années de dépression. Je marche, perdu dans les couloirs de correspondance d'une station de métro, vêtu de ma seule veste de pyjama. Tu sais, la bleue avec un liseré blanc, que tu m'achetas il y a quarante ou cinquante ans chez Harrods à Londres. Je marche et j'ai peur, atrocement peur, qu'un contrôleur surgisse et me demande mon titre de transport. Que lui dire ? Je me promène rarement avec un ticket de métro dans ma veste de pyjama ? Peut-être est-il resté dans mon pantalon, sur la chaise à la maison ?

Ce soir, après avoir reparcouru le fatras que je dois me résoudre à qualifier de livre, ton livre, la même peur m'a saisi. Pourquoi, pourquoi, sous prétexte de célébrer ta mémoire, de glorifier notre amour tout en criant ma douleur, pourquoi me suis-je laissé aller ainsi au point de me retrouver dans ces pages sans pantalon ? Pourquoi avoir abandonné toute retenue ? Pourquoi n'ai-je pas été capable, en bon petit scribouillard, de raconter ta vie, nos vies, d'une manière à la fois juste et tendre, classique et poétique, raisonnable en somme, et surtout chronologique ? Pourquoi m'en prendre aussi tout le temps au temps sous prétexte qu'il passe ou qu'il ne passe pas ?

Le désespoir, la souffrance, l'inconcevable perte, oui oui, et alors ? Il suffisait d'ôter les lunettes, de les poser sur la table de nuit, de glisser la grosse tête dans un sac en plastique – biodégradable pour ne pas porter tort à la planète –, puis de serrer très fort au niveau du cou à l'aide d'une de ces cravates en tricot, à la mode dans les années 50, que tu détestais, et qui reviennent inexplicablement à la mode. Oui, il suffisait de peu de chose pour que je puisse te rejoindre dans le nulle part où tu gis désormais. Je ne l'ai pas fait, pas eu le courage, ni même la lâcheté de le faire.

Et maintenant nous voilà loin l'un de l'autre, nous nous sommes perdus de vue, tu m'as quitté, et malgré moi, contre ma volonté disons, mes méninges s'agitent, tricotent, traficotent des bouts d'histoires sans queue ni tête, des contes bleus et gris pour enfants, et des récits de guerre et de mort pour vieilles personnes, comme si je disposais encore devant moi d'une éternité de labeur. Cette nuit je ne t'ai toujours pas vue. Tu ne viens plus me visiter, même en passant en coup de vent.

Mais j'ai fait mieux, j'ai rêvé éveillé. J'ai rêvé dans mon insomnie que tu t'échappais de ce nulle part pour venir en douce me poser des questions. Questions que tu n'aurais pas eu l'opportunité, le temps ou la présence d'esprit de me poser avant ton départ : quel est le sujet que tu regrettes le plus de ne pas avoir traité durant tes soixante années d'écriture, et en passant, qu'est-ce que tu penses de ce que tu es en train d'écrire ?

Chérie, ce sont deux très bonnes questions que je te remercie de m'avoir fait me poser. Tout d'abord, elles m'obligent à réfléchir à ce qui manque encore dans ton livre, ou pire, à ce qu'il peut y avoir en trop. Quant aux sujets que je n'ai pas traités, et que je regrette de ne pas avoir traités, ils sont innombrables, presque autant que les livres que je n'ai pas lus et qui pourrissent sur des rayonnages trop hauts ou trop bas pour mon dos et mes bras, hors de ma portée en tout cas, juste à côté de toute cette documentation accumulée au fil des années, des décennies, afin de traiter tant de sujets non traités. Au théâtre on dit que tout ce qui est coupé ne sera jamais sifflé. Tous les livres que je n'ai pas écrits sont donc réputés parfaits, et sur la forme, et sur le fond. Nulle erreur de style. C'est ce qu'un écrivain devrait toujours faire : ne jamais écrire de livres.

Est-ce parce que je n'ai pas trouvé la forme, ni le style justement, ni même les mots, pour affronter le sujet que je regrette le plus de ne pas avoir traité ? Tout au long de ma vie j'ai voulu, consciemment ou inconsciemment, faire honneur et gloire, rendre justice à ceux qui sont morts assassinés, à tous ceux qui ont disparu corps et âme sans laisser trace, sauf leurs noms gravés tardivement sur les murs des morts, pour ceux et celles qui ont eu le plus de chance dans leur malheur.

Enfants, nous, les enfants de déportés et disparus, nous vivions dans un demi-deuil constant fait de mystère et de honte. Partout où nous allions, nous étions confrontés à des levers de couleurs, des hymnes nationaux, des chants révolutionnaires, des hommages aux morts pour la France, morts pour la liberté, la patrie, la Résistance, enfin tous ceux qui sont morts pour Staline et Thorez, les armes à la main. Nous, nous savions que nos pères et mères, nos tantes, nos frères, nos sœurs, nos oncles, n'étaient pas morts pour la France. Et ceux des *shtetl*, des ghettos, pour la plupart, ne sont pas morts non plus les armes à la main. Ce n'étaient pas des résistants comme on l'entend.

On disait d'eux qu'ils s'étaient laissé conduire à l'abattoir comme des moutons, et nous, nous étions les agnelets de ces moutons-là. Il y eut même, au procès Papon, un témoin de « moralité », ancien ministre, ancien collègue donc de ce Papon, qui déclara qu'il ferait toujours une distinction entre ceux qui s'étaient laissé conduire à la mort sans résister et ceux morts les armes à la main. Honte à vous, ministres intègres, conseillers vertueux…

Il y a, dans *Le Bréviaire de la haine* de Léon Poliakov, paru en 1951 et que nous avons dû lire, toi et moi, dans les années 60, deux trois pages d'un témoignage. Ni d'une victime qui aurait miraculeusement échappé à l'assassinat, ni d'un bourreau, juste d'un témoin qui se trouvait là, par hasard, au bord d'une fosse, dans une sorte de terrain vague où on l'avait laissé inexplicablement pénétrer. Il relate en quelques mots la grandeur de ces gens. Des familles complètes, un village complet, attendent, nus, au bord d'une fosse. Ils attendent le moment d'être assassinés à leur tour, au bord de la fosse, alignés. C'est difficile. Certains risquent de tomber sur les morts pas encore tout à fait morts qui gisent à leurs pieds. Et sans cesse les parents, note le témoin, parlent à leurs enfants. Les jeunes aident et soutiennent les plus âgés. Ceux qui prient, prient. Un homme, vieux, barbe en bataille, désigne le ciel de son index comme s'il voulait indiquer aux autres leur destination prochaine. Nul n'implore, nul ne demande grâce, nul ne crie. Une jeune femme, nue, belle, se tape la poitrine entre ses deux seins en répétant « 24 », elle a vingt-quatre ans. L'âge peut-être de ce soldat qui fume, sa mitraillette posée sur ses genoux, assis en bord de fosse, jambes ballantes. Il jouit de sa pause règlementaire sans doute.

Qui est humain ? Qui est indigne de vivre ? Qui doit avoir honte, éternellement honte ? L'espèce humaine ?

Cette honte, je m'en suis peu à peu sorti, mais je n'ai pas été capable pendant mes soixante années d'écriture d'honorer, de célébrer, la mort et la dignité de ces gens. Est-ce ainsi qu'on doit mourir ? Sans crier grâce, sans pleurer, sans colère, sans rage, comme tu as su le faire, comme je ne savais pas que j'aurais à mon tour un jour à le faire.

Mosaïque

Ayant tenté tant bien que mal de répondre à la question terrifiante que tu m'as fait me poser, il est temps d'examiner sereinement ce qu'il peut y avoir en trop, ou au contraire ce qui manque, dans les multiples pièces destinées, une fois assemblées, à édifier la mosaïque que j'ambitionne de créer afin de glorifier ta mémoire et de célébrer notre amour. Pièces de toutes couleurs, éclatantes et cependant modestes, éblouissantes et discrètes, à ton image.

Oui oui, pardonne, j'ai laissé tomber Versailles et le Facteur Cheval, je préfère dresser sur un pan de mur anonyme une mosaïque joyeuse et tendre, sombre et lumineuse. Je sais, je sais, une pièce essentielle, la plus précieuse, la plus chère à mon cœur, me manque et manquera, créant un vide, un trou même, au centre de cette mosaïque, mais son absence témoignera de ma douleur et de l'impossibilité de finir notre mosaïque commune.

Trop de pièces aussi, aucun mur n'est assez grand pour accueillir soixante années de vie commune avec ses couleurs, ses formes, mais en art comme en littérature, on ne peut pas tout dire, jamais, quel que soit le sujet. On ne doit pas tout dire. Même si l'on pouvait tout dire, il ne faudrait pas, jamais.

Trop de morceaux, trop de tout, et surtout trop de mots, trop d'adjectifs. Tu le sais, j'ai toujours voulu écrire comme Samuel Beckett, à l'os, mais mon amour des adjectifs me fait en poser un, puis le considérant, solitaire, esseulé, je lui octroie un compagnon de jeu. Les deux adjectifs ensemble en appellent un troisième sans me consulter, et en moins de temps qu'il ne faut pour l'écrire ou le lire, je me trouve à la tête d'un quatuor d'adjectifs qui joue une musique inutile mais que je n'ose pas couper par amour de la musique.

À propos de ce qui manque, je dirais que ça manque d'histoires d'amour. Oui oui, d'amour, chérie, il n'y a jamais assez d'amour dans les histoires d'amour.

Au fil des jours et du stylo notre mosaïque s'épanouit, s'arrondit, se love et s'enroule sur l'axe de ces presque soixante ans de vie commune brisée par le temps, le temps qui fut notre ami le plus cher avant de devenir notre plus mortel ennemi. Ô temps je te hais autant que je te chéris.

Les couleurs des émaux, des éclats et des pierres qui doivent composer ta mosaïque sont aussi belles que si tu les avais désignées toi-même, éclatantes, s'opposant, se complétant, s'unissant, mais hélas il va leur falloir faire de la place pour accueillir le blanc des blouses et des couloirs, le gris des jours sombres et le noir du désespoir.

Je sais, je sais, chérie, tu ne veux pas, tu ne veux pas que je parle de ton traitement, soit, soit, j'obéis, je n'en dirai rien. Mais je pense malgré tout que pour le lecteur éventuel…

« Quoi ? Quoi ? Quel lecteur ? Quel lecteur ? Tu me bassines depuis des mois et des mois avec ton château, ton musée, et tu reviens maintenant avec ta mosaïque trouée au centre pour me foutre tes lecteurs sous le pif ! Mais quels lecteurs ? Y a pas de lecteurs ! Y a pas de lecteurs ! Pas plus de lecteurs que de beurre au fion de la crémière ! »

D'accord, d'accord, je ne dirai rien. Je ne dirai rien, rien du tout sur le temps passé à rechercher si oui ou non c'était un cancer ou une blagounette. Je ne dirai rien des jours, des mois, des années passés à traquer une minuscule tumeur devenant au fil du temps un énorme cancer. Et du coup, de l'intervention initiale – deux petits trous dans le dos, deux fois rien – on est passé à une cicatrice de quatorze centimètres de long après l'ablation d'une partie de ton poumon gauche. Je ne dirai rien des suites de l'opération, ni comment tu remontas la pente magnifiquement, ni comment ils ont surveillé comme le lait sur le feu tes poumons, ton cerveau, en négligeant tout à fait ton foie. Ni comment, par hasard, remarquant au bas d'un scanner des poumons une trace en haut du foie, trace qualifiée de « deux fois rien », ces « deux fois rien » devinrent en quelques mois une tumeur plus grosse encore que celle de ton poumon, je n'en dirai rien, je n'en dirai rien.

Ni comment ensuite on t'a envoyée à droite à gauche passer des tas d'examens inutiles avant de te dire, avant de te déclarer solennellement : « Une chimio peut dans bien des cas faire plus de mal que de bien », ce qui signifiait qu'il n'y avait plus rien à faire.

Ni comment toi, avec énergie, sans jamais abandonner ta beauté, ta souplesse de corps et d'esprit, ni ton calme, tu dus te faire une raison, non je n'en dirai rien, chérie. Je ne dirai rien de ces « deux fois rien » que tu t'étais empressée d'oublier. Tu ne te souvenais pas de ce que ce docteur t'avait dit en voyant cette ombre sur ton foie, « deux fois rien », je te le rappelais, je te le rappelais, mais tu ne voulais pas t'en souvenir.

Je m'en veux. Je m'en veux tellement d'avoir accepté de suivre le train-train hospitalier. J'aurais dû dès la première alerte te traîner en ville chez un oncologue distingué. Non, non, toi tu voulais l'hôpital. En fait tu n'y croyais pas. Et je m'efforçais également de ne pas y croire, tout en sachant qu'après soixante-cinq ans de cigarette tu étais dans la fourchette et sur le gril. Non, je n'en dirai rien du tout, puisque tu ne le veux pas, je n'en dirai rien.

Juste une chose. Lorsque j'ai demandé au médecin remplaçant ton médecin habituel de revoir le scanner avec les « deux fois rien » au foie, il m'a demandé d'un ton peu sympathique et assez déplaisant : « Vous cherchez un coupable ? » Ce qui signifiait pour moi... Non, non, j'arrête, j'arrête, je ne cherchais pas de coupable, je cherchais simplement à savoir si on pouvait te tirer de là ! Mais c'était trop tard. Mais je n'en dirai rien, je n'en dirai rien puisque tu ne le veux pas.

Laisse-moi au moins évoquer la joie, l'ivresse, la bouleversante joie que nous avons vécue après une IRM de ton foie justement. C'était au retour de Cabourg. Tu avais mal, et puis il y avait eu la bave qui avait coulé sans qu'on sache pourquoi. Je t'ai traînée chez un spécialiste du système digestif. Souviens-toi, nous avions oublié dans le taxi tout ton dossier médical. Tu m'as dit, la panique passée, que de toute façon il ne servait plus à rien maintenant. Enfin, le médecin digestif t'a conseillé de faire urgemment un scanner du foie. Après ce scanner du foie, on te dit de faire urgemment une IRM du foie. On te prit d'urgence. Tu sortis de l'ombre, un sourire illuminant ton visage d'un air de triomphe. Tu me pris la main et tu me chuchotas dans le creux de l'oreille :

« Ce n'est pas un cancer, chéri, le radiologue a dit que c'était trop gros, que ça n'avait pas pu grossir comme ça en quelques mois.

– C'est quoi alors ?

– Un hémangiome géant.

– Un quoi ?

– Un hémangiome géant.

– Et c'est quoi, cette bête ? »

Tu ne savais pas, je ne savais pas, mais ça se soignait sans doute, ce n'était pas de l'atroce famille des cancers. Ce fut une explosion de joie, la plus grande explosion de joie de nos soixante ans d'existence commune. Tu sortis de la clinique en dansant la samba et la cucaracha sur l'étroit trottoir.

Puis, arrivés sur le boulevard des Invalides, on squatta un banc et de là on téléphona, on téléphona à la terre entière pour les informer de la victoire. « Non non, ce n'est pas un cancer, c'est un hémangiome géant. » Personne ne connaissait la bête. Personne ne savait nous dire qui était notre nouvel ennemi, mais tout le monde se réjouissait. Ce fut un délire de joie qui parcourut Paris. Olga nous rejoignit, elle dansa avec toi, et même avec moi, tout ça sur le boulevard des Invalides. Tu riais, tu n'avais plus mal, tu n'avais plus peur, je n'avais plus d'angoisses, Olga respirait de nouveau. Nous dansions, nous dansions. Puis nous avons célébré ta santé retrouvée avec une orgie de décaféinés accompagnés de viennoiseries diverses.

Le lendemain à Montsouris, l'équipe anonyme des « deux fois rien » nous chanta une tout autre chanson. Ce n'est pas un hémangiome, ni géant ni pas géant, mais bel et bien une tumeur, la même tumeur que la tumeur pulmonaire, énorme, géante, elle, qui a colonisé ton foie.

Tu vois je ne dis rien, je ne dis rien qui puisse te fâcher. Je ne dis rien de ma colère, de ma haine, de mon désir de tout casser, et particulièrement leurs têtes, avec la canne que je n'avais pas encore ! De leur foutre sur la gueule à ces « deux fois rien » !

Puis on t'envoya faire des examens du cœur, d'autres scanners, tout ça pour finir par te dire que vu l'agressivité de cette tumeur, sa grosseur, vu ton âge, que sais-je, tout était contre toi. Le reste se joua en quelques jours. Non non, je n'en parlerai pas, sauf pour évoquer les trois phrases que tu m'as dites lors de ton court séjour à l'hôpital final.

La première. Je suis à tes côtés depuis le matin, les autres arrivent, un à un, Olga en tête, et je déclare à la cantonade : « Je descends faire un tour. » Alors une voix d'enfant, d'enfant boudeur et inquiet, articule du fond de son lit : « Pas trop longtemps ! » Pas trop longtemps… Ce sont les mots, les seuls mots que tu m'as adressés ce jour-là. Pas trop longtemps… Et je garde en moi ce « pas trop longtemps » si doux, si aimant, comme un mot d'amour, d'amour inépuisable.

La deuxième. Il y eut un petit incident. « Tu as mal ? Je vais chercher une infirmière. » Elle arrive en courant, elle te palpe une seconde puis repart en déclarant : « Je vais chercher de quoi faire passer la douleur. » Elle sort toujours en courant et ne revient pas immédiatement. Une de tes cousines présente remarque alors : « Elles ne sont pas très réactives. » Moi qui les trouve formidables et très réactives justement, je réponds à ta cousine à voix basse : « Lâche-moi, tu veux… » C'est alors que du fond-fond de ton lit, au milieu de ta douleur, tu sors d'une voix d'alto courroucée un : « Jean-Claude, tais-toi. » La force, la précision, la sûreté, tout me dit que tu as toute ta tête et que tu suis absolument tout sans plus participer, comme si tu n'étais déjà presque plus avec nous ou comme si tu t'étais déjà retirée dans un autre monde tout en supervisant encore d'un œil le monde dans lequel nous nous agitons sans toi désormais.

La troisième fut la plus cruelle pour moi. La veille dans la nuit tu t'es levée et tu as gagné seule les toilettes. Au matin le personnel t'a trouvée endormie, assise sur le siège. Le lendemain donc de cette nuit mémorable, tu reposes au bord du lit. Tu veux t'asseoir, jambes pendantes. Et moi, à côté de toi, je crois que tu veux de nouveau te lever. Je tente de te retenir et de te réallonger sur le lit, alors que tu me tends les bras. Quand tu comprends que je ne veux pas t'aider à te lever, ni même à t'asseoir au bord du lit, tu appuies tes deux mains ouvertes contre ma poitrine et tu me repousses avec une force terrible en hurlant : « Tu ne comprends jamais rien ! » Je ne comprends jamais rien, c'est vrai, c'est vrai. Ce furent les derniers mots, le dernier geste que tu m'adressas. Peut-être ai-je, et j'en tremble, si peu compris, que tes bras tendus vers moi signifiaient que tu voulais que je te prenne dans mes bras pour que nous nous enlacions une dernière fois ?

Ces ultimes jours tu ne mangeais plus, tu ne pouvais plus rien garder, ton foie rejetant tout. Une aide-soignante te fit alors manger à la petite cuillère un yoghourt. Je revois ton visage épanoui, ta bouche enfantine se régaler de ce yoghourt, tes yeux brillants, et la satisfaction de l'aide-soignante, triomphante : « Avec moi on mange. » Tu l'approuvais, tu te régalais comme une gosse. Hélas, tu ne gardas pas longtemps le yoghourt, ton foie étant plus fort que toutes les aides-soignantes du monde. Mais je garde de ce moment ton visage de petite fille gourmande et heureuse comme un trésor.

Au bout de ce court séjour ton corps robuste et superbe fut vaincu par ton foie sans t'arracher une seule plainte.

« Tu vois, je n'ai rien dit de terrible sur tes toubibs, tu es contente, chérie ?

– Pas contente du tout.

– Pourquoi pas contente ?

– Tu as mis dans ma bouche une phrase que je n'aurais jamais prononcée, des mots que je n'aurais jamais dits.

– Quelle phrase ? Quels mots ?

– Tu me fais dire des horreurs à propos d'une crémière, de son beurre, et... Je n'ai jamais parlé comme ça moi, jamais.

– C'est vrai, excuse-moi, c'était pour plaire au lecteur éventuel qui aime le parler faussement populaire, j'ai cru bien faire.

– Fais bien, fais mal, sans jamais t'occuper du lecteur éventuel. »

Pour en finir

Ça y est, *mazel tov* ! Finis le confinement et le fourbe mois de mai avec ! Nous sommes de nouveau libres d'aller et venir au gré de nos envies et désirs. Oui, mais moi, vois-tu, je n'ai plus ni envie ni désir d'aller ou venir, car où que j'aille, du coin de la rue de Buci au fin fond d'une île des Caraïbes, je ne t'y trouverai plus. Ni là, ni en Grèce, ni en Espagne, ni même au café en terrasse, ni au marché, ni au Carrefour où tu n'aimais plus aller, ni même à ton tabac en bas. Je sais, je sais que je ne te verrai ni ne te toucherai jamais plus, même en rêve.

Tant que le malheur planait très bas sur la planète, tant que l'angoisse se révélait universelle, moi, je n'avais qu'une peur, être chopé par ce fumier de virus, y laisser ma peau – le virus étant particulièrement friand d'octogénaires –, j'avais peur d'y passer et ainsi de ne pouvoir finir ton livre. J'avais peur, très peur. Je ne te dis pas que je n'ai plus peur, mais disons que durant ce confinement dont tout le monde semblait souffrir, moi, je n'avais qu'à m'asseoir face à n'importe quelle table dans la maison et brandir bien haut mon stylo pour faire reculer la peur et le virus. Ensuite il me suffisait d'en poser la plume sur la feuille blanche de notre amour pour qu'aussitôt tu apparaisses, virus ou pas. Je pouvais, à toute heure du jour ou de la nuit, te tenir encore une fois sous ma plume et dans mes bras.

Nous nous racontions alors des histoires vécues et partagées durant une petite soixantaine d'années passées à nous aimer, nous chamailler et nous réconcilier. À vivre donc.

Aujourd'hui, juste avant de poser mon stylo, arme fatale, sur le tas de cahiers noircis à l'encre noire de ma douleur, tempérée par le bleu et le rose de nos souvenirs heureux, je suis obligé de me poser cette question : à qui s'adresse un livre écrit pour toi que tu ne liras pas ?

Sais-tu comment j'aimerais finir ce brouillon si j'en avais le talent ? J'aimerais te garder encore une dernière fois sous ma plume pour tracer d'un trait ton visage offert à tous, ton sourire aux Belles, tes lèvres à mes lèvres.

Je t'aime presque plus que le chocolat noir.

La pointe du stylo

Pardon, chérie, mais il vient encore à la pointe de ma plume deux trois trucs à crachoter. Je sais, je sais, tu vas finir par croire que je ne veux à aucun prix poser mon stylo, de peur d'avoir à te quitter, et tu auras raison. Si je le pouvais j'écrirais sans cesse, sans jamais poser ce foutu stylo. Ne jamais m'arrêter, continuer sans cesse pour te sentir encore, encore et toujours à mes côtés, pour te caresser du bout de ma plume, trop légère ou trop pesante. Je ne veux pas te quitter. J'ai peur de me retrouver seul, amputé de la meilleure partie de moi-même.

Nous sommes, Olga, Jeanne et moi, de nouveau au Moulleau, dans la dernière maison que tu as louée pour nous tous. L'hôtel en face, où nous avons dormi toi et moi il y a quelques décennies, est en pleine démolition et nous sommes en vacances dans un chantier. Mais ce n'est pas sur ce type d'anecdotes que je veux te quitter. Je veux t'offrir en cadeau d'adieu une petite histoire de Jeanne.

L'été dernier, en juillet 2019 donc, Olga jouait tout le mois en Avignon. Je fus donc chargé de partir seul en TGV avec Jeanne, en tête à tête. Rosette, Pascal, Caro, etc., descendant en voiture. Dès que nous nous sommes installés, Jeanne et moi, à nos places, immédiatement après le départ du train, elle a sorti de son petit sac à dos un des livres que tu aimais lui lire, les contes d'Eugène Ionesco pour enfants de moins de trois ans. À l'époque, comme tu le sais, elle ne voulait pas que je parle de toi et je lui demandais toujours pourquoi. « Parce que ça va te faire pleurer. » J'avais beau lui dire que là on en parlait et que je ne pleurais pas, elle ne voulait pas.

À peine dans le train elle m'oblige à lire le premier conte. Celui – désopilant – dans lequel tout le monde, grands, petits, poupées, jouets, même les animaux, se nomme Jacqueline. Pendant toute la lecture où j'égrène ces Jacqueline, et Jacqueline, et Jacqueline, et Jacqueline, lecture que je fais en hésitant entre rire et larmes, elle me fixe, sourcils froncés, comme un chercheur ou un médecin observe son cobaye pour juger de l'étendue de sa douleur.

Le conte fini, elle reprit le livre sans un mot et le rangea. Alors, d'une voix que je voulus ferme :

« Tu vois, je n'ai pas pleuré.

– Tes yeux ne pleurent pas, pépé, mais ta voix pleure. »

Ma voix pleure, mémé, que faire ?

Du Moulleau à Londres

Revoilà donc juillet et le Moulleau. Nous marchons au bord de l'eau comme nous avons marché, marché, sur le sable et les galets, aux sept coins du monde. Nous ne nous tenons plus par la taille, nous ne marchons plus du même pas et je ne peux plus me baisser pour ramasser des cailloux. Ça tombe bien, il n'y en a pas sur cette plage. Pour toi, hier, ce n'était pas un problème. Octogénaire débutante, tu avais gardé toute ta souplesse de corps et d'esprit. Moi je boite à marée basse, pas désespéré non, exilé. Exilé dans un monde où tu n'es pas, un monde déserté. Je cherche les deux couples prêcheurs de l'été dernier. Qui sait, peut-être ont-ils prié leur Seigneur de te ramener à moi, ne serait-ce qu'un instant ? Heureux les charbonniers qui ont la foi, heureuse la foi qui a encore ses charbonniers !

Certains certaines, voulant bien faire, me disent : « Pourquoi t'obstiner à retourner là où vous avez été heureux ensemble ? Pourquoi continuer même à vivre dans le même appartement chargé de sa présence, entre les placards débordants de son linge et de ses effets et sa salle de bains où reste encore le désordre de ses objets de toilette ? » Pourquoi ? Mais parce qu'elle est chez elle, et que moi je vis chez elle. Et d'ailleurs où irais-je ? Si j'allais me cacher au fin fond du Japon ou de la Corée du Nord, je me dirais à tout moment qu'elle ne voit pas ça, qu'elle ne sent pas ça, qu'elle ne touche pas ça. À quoi bon voir, sentir, toucher, si elle n'est pas là pour me dire ce qui est beau, ce qui sent bon, ce qui est doux au toucher.

Et même si je me déportais à l'hôtel du coin ou dans un garni lointain, je regretterais sans cesse d'y être sans toi. Alerte rouge ! Mon stylo n'a plus d'encre, il pisse des larmes, avec lesquelles je peux encore tracer sur la feuille immaculée « Je t'aime mon ange » en encre sympathique.

Cette nuit j'ai rêvé. Je marchais dans une rue de Londres, une dame à mes côtés – j'espère que c'était toi –, nous marchions côte à côte en silence, serrés cependant, comme si nous étions tous deux abrités sous le même manteau de pluie. Nous ne nous tenions pas la main, mais l'une de tes mains serrait, avec douceur mais fermeté, mon riquiqui. J'en étais très étonné en découvrant la chose. Mon oiseau également s'étonnait et se mettait à grossir et même à s'allonger, lui dont il fallait désormais pour le déplier s'armer d'une pince à épiler.

L'oiseau palpitait sous la pression de ta main. Maintenant c'était sûr, il s'agissait bien de ta main, je la reconnaissais, je reconnaissais sa douceur, la douceur de ta paume et la délicatesse de tes doigts. Là je me suis réveillé. Précipitamment je l'ai touché, oui, l'oiseau avait repris des couleurs comme avant l'épisode prostatique, mais sans grossir cependant, ni même grandir.

Ce rêve m'a renvoyé près de cinquante-cinq ans en arrière, juste après la mort de Nadia. Nous avions fui Paris pour Londres où nous ne connaissions personne à l'époque, et nous avions marché, des jours et des jours, en silence, côte à côte, sous la pluie et le ciel gris. Huit heures, dix heures par jour nous marchions, et nous mangions le plus mal possible. Je me souviens d'avoir ingurgité un curry de je ne sais quoi si parfaitement amer que tu l'avais jugé immangeable. Je l'avais absorbé jusqu'à la dernière goutte tant mon amertume était en accord avec la sienne. Nous dormions dans un hôtel où lorsqu'il pleuvait – et il pleuvait ! –, le maître de maison venait placer des bassines dans notre chambre pour qu'on s'y sente plus confortable. C'est là, à Londres, que j'ai senti qu'un seul mot prononcé par moi, mal interprété par toi, pouvait nous séparer à jamais. Je pense que tu as pensé de même. Aussi nous sommes-nous tus, tous deux, par amour.

De retour à Paris nous avons repris notre vie d'avant, avec un but cependant : faire de plus en plus comme tout le monde. Cinq ans après Olga naissait.

Mourir en 2019

Mourir en 2019, nous ne l'avions jamais envisagé, ni toi ni moi, ni cru ni espéré, tant l'un et l'autre nous considérions comme inconcevable d'atteindre l'an 2000. Qu'on décède à quatre-vingts ans, quatre-vingt-dix, ou cent et même plus, ce n'est pas un vieillard ou une vieillarde qui s'en va, c'est l'enfant qu'il fut, la jeune fille, le jeune homme, la jeune femme. Inutile de dire aux vieux : « Vous avez quatre-vingts ans, vous avez eu une vie longue et heureuse, votre temps est fini, pépé, mémé… » Non, parlez-leur de l'enfant qu'ils furent, de sa jeunesse, de sa vie d'adulte. Toi, c'était l'enfant de douze, douze ans et demi, ou même celle en zone libre qui, sur les photos d'école, semblait absorber dans ses yeux toute la lumière du monde.

Oui, tu fus cette enfant que je n'ai pas connue mais dont je connais toutes les histoires, toutes les anecdotes de ces années vécues en famille en zone libre. À Paris je connais aussi l'histoire de la petite fille qui embrassa un petit garçon en partance pour les États-Unis ou Israël. Le petit garçon glissa sa langue dans sa bouche sans prévenir, et je sens alors comment tu faillis mourir et comment tu courus rincer ta bouche au savon de Marseille. Et celle de cette petite fille de dix onze ans qui accompagnait sa maman chez Olga la couturière et lui faisait agrandir ou diminuer le décolleté, bouffer les têtes de manche, afin que sa maman soit plus belle encore dans sa robe pour aller au bal des tricoteurs. Je connais également chaque geste et je sais aussi tout de la jeune fille qui aimait danser, chanter et embrasser à bouche que-veux-tu. Je sais tout de celle-là, je l'ai aimée à la folie sans la connaître. Et cette jeune femme qui me donnait des coups de pied dans les tibias sous les tables des cafés de Saint-Germain, pour me défier j'imagine, celle qui voulait me prouver sa force et avec qui je me battais dans les rues la nuit. Celle qui tentait de me chasser du lit au petit matin pour rester ne serait-ce qu'une seconde seule au lit, dans ce lit matrimonial, et d'où je finissais par la chasser elle-même pour rester moi aussi seul un instant à m'étirer. Celle qui pleurait comme une Madeleine parce que tout était trop beau, celle qui riait comme une folle parce que tout était trop moche, celle qui dansait à tout propos, celle qui chantait sur tous les tons, celle que j'aimais à la folie, et celle qui m'aimait malgré tout.

Je suis les pieds dans l'eau et je regarde Jeanne dans sa bouée qui nage, saute danse et chante. Elle est heureuse, et je me surprends à sourire et même à rire, heureux soudain à mon tour. Et puis je pense que tu ne la verras plus, plus jamais, ni grandir ni s'épanouir. Qu'est-ce que je fous encore là sur cette plage ? Qu'est-ce que je fous ?

La douleur, la douleur chasse le moindre souffle de joie, mais cette douleur m'est précieuse, si elle venait à disparaître elle aussi, je la regretterais. Cette douleur est la rançon du bonheur partagé. Cette douleur témoigne de ton absence. J'aime cette douleur. Elle me rappelle la joie de t'avoir connue et la peine infinie de t'avoir perdue.

La fierté

Pourquoi noircir tant de papier alors qu'une seule phrase – « tu me manques » – dit tout. Tu me manques, tu nous manques. C'est Jeanne qui m'a soufflé ces mots. Séparée de sa mère ou de son père, elle leur dit au téléphone : « Tu me manques. » Et lorsqu'elle les revoit après une absence d'une heure ou de plusieurs jours : « Tu m'as manqué, papa. Maman tu m'as manqué. » Elle me l'a même dit à moi une fois ou deux, et mon cœur a bondi de joie et s'est tordu aussitôt à la pensée qu'elle ne pourrait plus te le dire, qu'elle ne te le dirait jamais plus. Voilà. Tu m'as manqué, tu me manques… Tu manques à Olga et à moi, et à tant d'autres. Tu me manques comme partenaire, comme double de moi-même. Assez de pleurnicheries, tu me manques car je n'ai plus personne qui pense ce que je pense avant même que je ne le pense, ou qui traduise mes silences d'un sourire.

L'autre soir, chez Maxime, après le repas et un peu de vodka, l'âge aidant, avec Évelyne comme témoin, nous parlions lui et moi du passé, d'un passé lointain, bien avant même que je te connaisse. Du passé qui fut le nôtre, à nous les Grumberg et à vous les Flom. Ce passé qui a tendance à redevenir notre présent. Maxime me raconte une version inédite pour moi d'un épisode que j'ai vécu, sans le vivre, à ses côtés.

Deux flics zélés sont venus chercher Zacharie, notre père. Ils ne le trouvent pas au domicile familial, 34, rue de Chabrol. Depuis sa libération de Compiègne, il dort une nuit sur deux, par demi-précaution disons, dans une chambre de bonne que lui prête le concierge, en tout cas c'est ce que dit la légende. Pour ne pas revenir les mains vides, les deux flics décident de nous embarquer tous les trois, maman, Maxime et moi, jusqu'au commissariat du Xe sous la mairie. Trois Grumberg pour le prix d'un, ça n'a pas l'air d'une mauvaise affaire. Pour vérification d'identité, disent-ils, c'était la formule magique usitée. Ils conseillent quand même à maman – on ne sait jamais, par les temps qui courent – de faire un petit baluchon pour nous trois. Et nous voilà, encadrés par les deux chaussettes à clous sympathiques, remontant la rue de Chabrol en direction de la mairie du Xe.

« Tu ne peux pas imaginer, me dit alors Maxime, tu ne peux pas imaginer à quel point j'étais fier de marcher ainsi dans la rue de Chabrol entre ces deux flics et de voir tous les commerçants nous regarder passer sur le pas de leur porte. J'étais si fier, si fier ! » Et je vois de nouveau sur son visage cette fierté d'enfant d'il y a quatre-vingts ans. « Je me tenais bien droit, dit-il, je marchais tête haute, l'étoile cousue impeccablement sur ma poitrine. » Il avait huit ans. Son visage d'homme sur son corps d'enfant devait briller, comme il brille encore aujourd'hui, ce visage de vieux, de nouveau fier comme l'enfant d'hier. Je n'avais jamais imaginé qu'il puisse être fier et sans peur. J'étais à ses côtés, entre maman et lui, il me tenait la main sans doute. Est-ce que j'avais peur ? Est-ce que j'étais fier moi aussi ? Je n'ai aucun souvenir de notre remontée de la rue de Chabrol. Et de cette fierté, il ne m'avait jamais parlé, jamais rien dit. Il lui a fallu toute une vie pour la revivre ce soir-là, assis dans son fauteuil, et oser l'évoquer.

Je lui fais remarquer qu'il est encore fier aujourd'hui, il approuve. Je lui dis que c'est un exercice de mémoire sensorielle, ressentir ce qui s'est passé il y a longtemps, que c'est la base de la méthode de l'Actors Studio. Il approuve, ses yeux brillent. Il revit la montée de la rue de Chabrol. Il revoit madame Machefer, la boulangère, qui nous a regardés passer, madame « Maxime » et les petits, et qui, des années après, nous disait encore : « Je vous ai vus passer ! J'en avais les jambes coupées ! Une petite dame comme votre petite maman ! Avec vous en plus ! Et moi, moi qui n'ai même pas eu la présence d'esprit de courir après vous et de vous donner un pain ! Je vous ai laissé partir sans rien vous donner ! Même pas un pain ! » Elle en pleurait encore dans les années 47-48 lorsque nous amenions le poulet, le dimanche, à mettre au four.

Le commissaire fut bon enfant. Il nous renvoya à la maison. C'est alors que Maxime, il ne s'en souvient plus, hurla sur les flics : « Vous nous faites venir pour rien ! Et il n'y a plus personne pour porter le paquet de maman ! »

Il y a peu, j'ai lu dans un livre de Pierre Birnbaum concernant cette époque, que le commissaire principal du Xe arrondissement de Paris fut l'un des moins zélés dans la chasse aux juifs. Merci, monsieur le commissaire.

Tu m'avais raconté une histoire, toi aussi. Vous étiez sur un trottoir, Rosette, Paul et toi, à Châteauroux ou quelque part dans cette région, vous aviez vu les Allemands passer, la division Das Reich sans doute, qui remontait de Tulle et d'Oradour pour rejoindre le front normand. Paul tremblait, et Rosette répétait entre ses dents en vous serrant la main très fort : « On est foutu, voilà les Boches, on est foutu. »

Vous aviez peur et vous aviez raison d'avoir peur. Nous n'avons pas cessé d'être fiers et d'avoir peur.

Petit détail patriotique. Avant de partir pour Moissac en zone nono je ne fus pas soumis au port de l'étoile, ayant moins de six ans, ce qui me permit de dire à qui voulait l'entendre que mon père était juif, ma mère juive, mon frère juif, mais que moi j'étais français. Il n'y a pas d'âge pour trahir ceux qu'on aime, avec ou sans étoile, avec ou sans papier, avec ou sans stylo.

Ton nez

Lors d'un de mes retours du Moulleau, frustré de ne pas te retrouver à la maison, j'ai posé sur la table de nuit une de tes photos. Non pas une de celles où tu éclates de beauté, de jeunesse, de sex-appeal si tu me permets ce mot, non, une photo de toi, une photo de tes cinquante ans. Tu y es très belle bien entendu, mais surtout heureuse, sereine, comme apaisée. Tes lèvres exquises esquissent un sourire et dans tes yeux scintillent tout ton humour et toute ta bienveillance. Je peux ainsi en me couchant, si je m'en sens capable, te sourire à mon tour avant de te retrouver au petit matin toujours scintillante.

Pourtant il m'a fallu apercevoir, dans ce TGV de retour, une voyageuse avec son masque obligatoire placé juste sous son nez, si bien qu'outre que ce soit interdit, on ne voyait d'elle que son nez, devenu ainsi proéminent, pour que ce nez me fasse penser au tien. Non pas par sa beauté ou ses proportions, non, ce nez m'a fait penser que je n'avais jamais écrit, ne serait-ce qu'une seule ligne, un seul mot, sur ton nez. Lui que j'ai toujours vu, quelles que soient les circonstances, fidèle au poste, droit dans ses bottes, incarnant l'équilibre miraculeux de ton visage. Lui que je n'ai jamais vu rougir, ni même s'allonger devant moi – il est vrai que tu me mentis si peu –, lui sur qui mes lèvres aimaient s'attarder en quittant les tiennes et même, je le reconnais, plus souvent qu'à mon tour, j'aimais mordiller au passage. Jamais il ne m'en a tenu rigueur, jamais il ne m'en a fait réflexion. Lui encore qui savait se rapprocher du mien lors des périodes chaudes afin de réaliser un de ces baisers esquimaux seuls capables de nous réconcilier. Lui enfin dont j'aimais déchiffrer le sens des moindres frémissements de narines, m'informant ainsi de l'état secret de ton âme et de tes humeurs. Attention, il ne t'a jamais trahie, il t'est resté toujours fidèle, impassible même aux pires instants, et il a su rester le gardien fidèle de la beauté de ton visage, un nez de reine, le nez de la suzeraine de mon cœur. C'est ce nez donc qui règne désormais sur la table de nuit et qui veille de nouveau sur notre sommeil à tous deux.

Il est une autre photo, celle-ci tu l'installas toi-même dans un cadre à côté du socle d'un de nos téléphones. En décrochant on ne peut éviter de la voir. Je l'ai vue des centaines de fois sans jamais la regarder vraiment. Nos deux familles réunies posent sur les marches de la mairie du Xe le jour de notre mariage, le 15 et non pas le 13 janvier 1966. Rosette est absente, elle vient d'accoucher et il fait trop froid pour sortir le bébé.

On voit ton père, ta mère, ton frère, mon frère, ma maman, son père, mon grand-père donc, qui semble tout étonné de ton « *elegantz* » au bras de ma médiocrité. Nos amis, leurs enfants, des cousins, des cousines, tous et toutes regardent l'objectif. Toi, ton neuvième mois enfoui dans un ample manteau de fourrure, tu me regardes et tu me souris avec amour. Avec amour, oui, c'est ce que je découvre aujourd'hui. Moi, tourné vers toi, je te parle. Je dois te sortir une connerie de circonstance « spéciale mariage », et toi, tu me couves des yeux comme une mère, comme une femme, comme une amie, comme une amoureuse, comme une épouse.

Tu m'aimais, tu m'aimais, et c'était visible à l'œil nu. Il m'aurait suffi de regarder la photo pour le savoir, je ne le savais pas et j'en doutais. Je savais que moi je t'aimais, pas besoin de cette photo pour en être persuadé, mais je ne savais pas que toi aussi tu m'aimais. Tu m'aimais, et moi, pauvre cloche qui ne sait plus sonner, je t'aime encore à en crever.

Les masques

Ça y est, fin des vacances et des haricots, rentrée des classes pour les écoliers et leurs profs, et grand retour annoncé de la saloperie, donc port du masque obligatoire. À la radio, dans les médias, au bureau, à l'usine, dans les abattoirs, dans les familles, entre amis, au bar, au tabac, partout on se déchire : le masque ! le masque ! le masque !

« Le porter ou non ?

– C'est obligatoire !

– C'est arbitraire !

– À l'intérieur oui, mais comme ça dehors non !

– C'est attentatoire à nos libertés !

– À mon indépendance d'esprit !

– À mon moi !

– À nos fondamentaux !

– Et puis c'est contraire aux lois de la République ! »

Soit, mais moi je n'en suis pas tout à fait là. Moi j'en suis resté à l'atteinte à ma liberté d'aimer, de vivre, de marcher, de rire : la vieillesse, la santé, et par-dessus tout la mort. Ta mort qui m'a laissé sur le flanc, brisé, cassé, fracassé, et seul, seul. Seule la mort me met en colère, colère qui a besoin d'exploser et de tout foutre en l'air.

Vous, camarades non masqués qui manifestez pour votre libre arbitre, vous qui marchez poing dressé pour sauver vos libertés fondamentales, pourquoi ne pas en profiter pour protester contre la vieillesse, la solitude et la mort imposées par une soi-disant loi de la nature qui veut, ou qui voudrait, que tout ce qui vit sur terre prenne fin un jour ? Oui, je sens enfler en moi une colère quand je pense à toi, et, tu le sais, je pense à toi à tout moment. Le devoir d'oubli fonctionne en moi aussi mal que le devoir de mémoire en tout un chacun. Allez, j'arrête, je ne sais même pas où fourrer dans tout ce fatras cette page, misérable fruit de ma gigantesque frustration.

Je me lève, avec difficulté, je mets mon masque – à mon âge c'est tout bénef pour les autres – et je descends croiser les protestataires qui se baladent visage nu, révolte au front. Tu vois, chérie, si tu étais encore là, nous pourrions en rire. En ton absence, sans toi, je n'arrive même pas à en pleurer.

Sois sincère

Je sors de ta cuisine, j'entre dans ton salon, et le désordre qui y règne me saute à la gorge. Mon désordre. Ton désordre à toi était si harmonieux, si chaleureux, si accueillant, qu'il donnait envie au visiteur de se sentir comme chez lui, mieux que chez lui. De se laisser aller sur les coussins du divan tout en fumant près d'une table basse, avec à portée de main un cendrier déjà rempli de mégots, tandis que des fleurs se fanaient sur la table dans des vases mordorés et que, sur le dos des chaises, pendaient des vêtements merveilleux. Comme aujourd'hui, comme aujourd'hui... Mais les aujourd'hui d'hier étaient joyeux, vivants, vivants à ton image. Mon désordre à moi est également à mon image. Hideux, vieux, vieux. Si si ! Je me suis vu en photo sans toi, laid à faire peur, triste à pleurer. Vieux. Je hais les vieux presque aussi fort qu'hier, avant de te connaître, je haïssais les jeunes.

Pourquoi, près de deux ans après ton départ définitif – définitif ! –, c'est aujourd'hui qu'en pénétrant dans ton salon et en y découvrant mon propre désordre, c'est aujourd'hui que je me rends compte de l'horreur de ma situation. Tu ne reviendras jamais, jamais, jamais. Tu es sortie d'ici portée en triomphe, mais jamais l'ambulance des années 60 et ses ambulanciers n'ont pensé à te ramener chez toi, dans ton chez-toi, devenu, hélas, mon chez-moi.

Ce soir la télé est morte en direct. Je reste informé des nouvelles désolantes du monde par Radio Londres et Radio Paris. « Radio Paris ment, Radio Paris ment, Radio Paris est allemand. » Oui oui, je sais, je sais, y en a marre…

En fait, je voudrais crever, Jacqueline. Oui, je voudrais avoir le courage et l'énergie de sortir du placard le sac plastique recyclable et la cravate en tricot des années 50, celle que je nouais une fois par an le jour de Kippour pour aller voir mon grand-père à la synagogue, rue Sainte-Isaure. Et c'est un jour de Kippour que je griffonne ces quelques lignes. Alors qu'on me pardonne ou non, Kippour ou pas, et sans kippa, je voudrais crever, Jacqueline, je…

« Tu n'es pas sincère, murmure alors la voix grave et tendre.

– Quoi ? Comment ?

– Tu n'es pas sincère. Sois sincère.

– Je ne suis pas sincère ?

– Dis que tu es content de ne pas être dans le trou à mes côtés, scellé dans une redingote de sapin doublé satin, dis-le, chéri, dis-le. C'est la seule chose, la seule parole qui puisse me consoler de ne plus être près de toi. Sois sincère, chéri, dis que tu aimes encore la vie, que tu aimes raconter nos histoires même si elles te font pleurer, que tu aimes relater nos bêtises même si elles ne te font plus rire.

– Non ! Non ! Non !

– Tu as toujours été sincère, dans tes écrits du moins, continue. Sois sincère chéri, sois sincère. Dis que tu veux vivre encore longtemps afin que je vive à travers tes paroles, tes écrits. C'est le seul moyen qui me reste, chéri, pour vivre encore, pour être au monde. Sois bon, écris, écris, chéri. Et prends ton temps, prends ton temps, tu n'es pas pressé de me rejoindre. Je t'attendrai, je t'attendrai à la porte du garage, il fera nuit mais avec l'éclairage… Voilà, tu ris, chéri, tu ris.

– Non ! Non ! Non ! Je ne ris pas ! Je ne ris plus !

– Je t'attendrai, tu n'as rien à craindre. Je serai tienne, je serai tienne jusqu'à ce que je rencontre enfin “l'homme de ma vie”. Mais là où je suis, tu ne risques plus grand-chose, on ne rencontre quasiment personne. En attendant, parle de moi, parle de nous, avec Olga, Jeanne, Rosette, parle avec la terre entière si tu le peux. Parle, parle, écris, écris ! Tant que tu parles, tant que tu écris, chéri, tant que tu vis, je vis. Tant que tu penses à moi, je vis. Et je t'aime, je t'aime, encore, toujours.

Sois sincère, chéri, j'aime quand tu es sincère.

Sois sincère pour me plaire, toujours pour me plaire sois sincère. »

La cérémonie

Maintenant il est temps, avant de jeter ce stylo sans style aux orties, de te raconter ce que hélas tu n'as pas vécu et que moi j'ai vécu sans toi, mais avec toi quand même. Le 9 mai 2019 – toujours l'immonde mois de mai – fut le jour de ton inhumation – je n'arrive pas à me résoudre à écrire enterrement –, et il se trouve que ce jour fut par extraordinaire un jour de grève quasi générale, comme si tout Paris protestait contre ton départ, si bien qu'il fallut avancer l'heure de ta levée de corps, la difficulté de se déplacer dans Paris nous y contraignant.

Ayant pris soin de glisser dans ma poche une paire de perles, tes perles – Olga m'assura que j'en avais pris une grosse et une moyenne, qu'importe, tu n'es pas partie les oreilles nues, ce qui aurait nui à ta beauté face au Très-Haut –, ce fut justement ta beauté qui me frappa encore en ce dernier instant comme si rien n'avait de prise sur elle.

On ferma, on vissa, puis on te hissa dans le fourgon. On hissa ton catafalque, est-ce ainsi qu'on dit ? Puis lorsqu'il fut installé, Olga et Jeanne montèrent d'un côté, moi de l'autre. Le chauffeur, qui faisait aussi office de maître de cérémonie, s'installa au volant, une vitre nous séparant. Paris était bloqué, il y avait partout et à tout propos des barrages, des rues barrées, interdites à la circulation. À chaque rue barrée que le convoi devait impérativement emprunter, le chauffeur, notre maître de cérémonie, descendait et négociait avec la maréchaussée. Jean-Marc nous suivait en voiture. Toutes les dix minutes à peu près le chauffeur devait négocier et pour ce faire il stoppait le fourgon.

Jusqu'à ce que, à force de descendre, il oublia de serrer le frein à main, si bien que lorsqu'il descendit, le fourgon, lui, continua de rouler et se mit même à accélérer légèrement. Ni Olga ni moi ne pouvions rien faire, et nous nous voyions déjà emboutir un fourgon de police barrant la route derrière le léger cordon indiquant que cette rue était barrée. Jean-Marc alors bondit comme un diable de sa voiture et se jeta dans le fourgon afin d'en serrer le frein à main. Sauvés ! Malgré les circonstances qui ne prêtaient pas à rire, Olga et moi riions et Jeanne s'y mit aussi. Je pense que tu aurais volontiers ri toi aussi.

À Montparnasse, à l'entrée principale, à l'heure du rendez-vous, il y avait foule. La famille, des amis, des proches, et même des inconnus, des amis d'amis. Une seule personne manquait, à part toi bien sûr. C'était le marbrier préposé à l'ouverture du caveau familial. Il fallait l'attendre, on ne savait pas quand il pourrait arriver. De petits groupes se formèrent, chacun parlait. Arditi téléphona pour me dire qu'il était bloqué à un barrage de police et qu'il ne pourrait pas être avec nous mais qu'il pensait à toi. Maurice Bénichou, lui, dut rester dans la voiture qui ne pouvait pas s'approcher du cimetière, Geneviève vint nous le dire et resta avec nous. C'était une belle journée de printemps comme tu les aimais.

Enfin le marbrier parvint à franchir les barrages, il était là. On marcha en groupe direction le petit cimetière annexe où un carré presque juif t'attendait. Je dis presque car à quelques mètres de ta tombe il y a celle, somptueuse, de la maréchale Pétain qui pue qui pète. Après quelques minutes de silence, ce fut Olga qui eut le courage de prendre la parole en premier. Elle te rendit hommage en racontant, d'une manière fluide et presque légère, deux rêves où tu étais présente. Puis ce fut mon tour. J'avais pris soin, contrairement à mon ordinaire qui est de ne jamais rien écrire de ce que je dois dire en public, de tout écrire, en guise d'adieu. À la fin Jeanne elle aussi vint raconter l'un de ses rêves. Et elle nous dit qu'elle avait rêvé que tu n'étais pas morte. Ensuite Éric, assisté d'Yves et d'un accordéoniste, joua du violon et chanta en yiddish. Puis, pour accompagner ta descente au sous-sol, ce fut la voix terrible de Sholom Katz qui détailla le kaddish pour les morts d'Auschwitz, Majdanek, Treblinka, pour te dire adieu à toi aussi.

À treize ou quatorze ans, tu achetas ce quarante-cinq tours. Ta cousine, celle qui perdit son bébé en prison tandis qu'on fusillait son frère et qu'on déportait ses parents, était en visite chez vous. Tu lui mis le disque, elle l'écouta, son verre de thé en main, puis tomba dans les pommes. C'est ainsi que tu mis le pied sur le chemin du passé et, moi, c'est en réécoutant ce kaddish que je compris mon erreur.

J'avais oublié la voix de ta mère que tu avais enregistrée quand elle avait quatre-vingt-dix ans, et comme elle chantait en yiddish, avec toi la soutenant quelquefois, j'aurais pu faire entendre ta voix avec la voix de ta mère, et son yiddish également, mais ça m'a échappé. Je le regretterai jusqu'à mon dernier jour.

Ensuite Rosette et Pascal, chez Pascal et Caro, recueillirent, reçurent les volontaires, Annette, René, Colette, Daniel, les quelques survivants – temporaires – des cafés Chez Jeannette et La Chope.

La Forteresse cachée

« Tout est illusion ici-bas comme au-delà. »

Le hasard et la chance qui ont guidé nos pas et nos vies durant quatre-vingts ans n'ont pas voulu que je pose mon stylo et qu'ainsi je te dise adieu sur le papier pour toujours, sans nous offrir un dernier coucou. Hier soir sur Arte, j'ai vu, revu grâce à eux, *La Forteresse cachée* d'Akira Kurosawa. Il y a une petite soixantaine d'années, ensemble, ceux de La Chope et de Chez Jeannette, nous avions découvert ce film à la cinémathèque de la rue d'Ulm, dans sa version originale japonaise sous-titrée chinois ou hongrois, ou tout autre dialecte exotique. Nous n'avions rien compris mais tout profondément ressenti, surtout toi.

Ce soir-là rue d'Ulm j'eus le privilège de me tenir à tes côtés. À un moment particulièrement tendu où le héros, Toshiro Mifume, sublime, poursuit au grand galop un ennemi qu'il doit abattre s'il veut sauver sa princesse et suzeraine. Dans un virage en épingle à cheveux, il se retrouve buste projeté de côté, prêt à abattre son sabre ou à tomber lui-même. C'est alors que je te sentis et même te vis décoller, comme en lévitation hors de ton siège, ton buste aussi incliné que celui de Toshiro, tes mains crispées sur la poignée de ton sabre, prête à frapper toi aussi. Alors je te retins, de peur que tu ne tombes de ton cheval ou que tu ne blesses de ton sabre l'un des innocents spectateurs voisins.

Bien plus tard nous avons revu *La Forteresse* et ce qui en était caché devint clair à nos yeux. Le film, en VO sous-titré french, nous révéla tous ses secrets. Tu ne fus pas déçue, tu regrettas juste le mystère dans lequel les sous-titres de sa version exotique avaient placé *La Forteresse*, rue d'Ulm. Cette *Forteresse cachée* au fil du temps devint notre blason secret. Sur les plages désertes, immenses, de l'Andalousie venteuse, nous nous dressions face à face, parés de nos serviettes de plage. Toi, brandissant ton sabre de papier journal, tu tentais de m'impressionner en empruntant la voix stridente et merveilleuse de la princesse détrônée. Moi, ma lance de roseau en main, stoïque, immobile, tel un samouraï indifférent au danger et à la mort probable, j'attendais mon heure avant de rugir soudain et de fondre sur toi avant de te découper en fines rondelles et te bouffer toute crue sur le sable et dans les algues de l'Andalousie atlantique.

La Forteresse cachée se termine par un chant dont les paroles sont : « Tout est illusion ici-bas comme au-delà. » Chant chanté et dansé par un chœur de paysans et paysannes. Le samouraï et la princesse se joignent à eux, chantant et dansant eux aussi. L'ennemi d'hier, devenu fidèle allié et compagnon, chante et danse lui aussi. Le chant culmine. Je regrette de ne pouvoir te faire réentendre la musique de cette *Forteresse*, mais mon maigre talent n'égale pas le génie de Kurosawa. Tout n'est qu'illusion, certes, ici-bas comme au-delà, exception faite de notre amour à tous deux et des films de Kurosawa. Gloire à toi, Kurosawa ! En noir et blanc et en couleur. Les cuivres et les cymbales éclatent. Gloire à toi, Jacqueline ! Les flûtes et les chants d'oiseaux chassent les cuivres et les cymbales. Gloire à toi, la plus sensible des spectatrices, la plus parfaite des épouses, la plus terrifiante des samouraïs, et la plus innocente des femmes ! Les flûtes, les cuivres, les cymbales s'unissent tandis qu'une harpe garnie de grelots vient nous redire que tout est illusion ici-bas comme au-delà, au Japon comme en France, sur la terre comme aux cieux.

Ton prénom

J'ouvre l'œil et je t'entends. Tu es dans le salon comme tous les matins et je m'entends murmurer : Jacqueline Jacqueline Jacqueline… Tu ne m'entends pas. C'est alors que je me souviens que tu n'aimes pas ton prénom : Jacqueline. Tu aurais préféré Judith. Une fois ta mère t'a expliqué le pourquoi du comment de la chose et j'étais là, nous buvions du thé citron tout en dégustant des *oumentachs* au pavot.

« C'est à cause de Judith justement que tu t'appelles Jacqueline. Papa et moi on voulait t'appeler Judith, mais en 1938 tous nos amis de Paris nous ont dit : Jacqueline, c'est bien plus joli que Judith. Alors on t'a appelée Jacqueline. » Et c'est vrai, non ? Jacquelinélé, Jacquelinéniou, c'est bien plus beau que Judith, et comme ça commence aussi par un « J ». Ta mère avait raison, écoute comme c'est beau : Jacqueline Jacqueline Jacqueline…

« D'accord, mais il est trop tard, pose ton stylo, chéri, et va au lit.

– Non non, encore une ligne ou deux !

– Non, ça suffit. Tu as trouvé une fin, une fin, enfin une bonne fin, une fin passable. Jacqueline Jacqueline, c'est très bien comme fin. Pose ton stylo.

– Ce n'est pas la fin.

– Qu'est-ce qui n'est pas la fin ?

– Jacqueline Jacqueline, c'est le titre.

– Le titre ?

– Oui, le titre.

– Ah bien, très bien, le titre, très bien. Pose ton stylo.

– Je n'ai pas tout dit.

– On ne peut pas tout dire et on ne doit pas, c'est toi qui me l'as dit. Pose ce stylo !

– Je souffre trop.

– C'est très bien. C'est cette souffrance qui te parlera de moi désormais. Et puis, tu le sais, la souffrance est impartageable, impartageable. Tu pourrais écrire des siècles et des siècles. Impartageable. Et c'est très bien comme ça. Sinon chaque être humain dès sa naissance serait écrasé sous l'Himalaya des souffrances du monde, noyé dans les torrents de larmes qui s'écoulent chaque jour, chaque nuit, d'un bout de la terre à l'autre. Impartageable. Jette ton stylo ! »

Le stylo une fois jeté n'empêche nullement les rêves de réveiller le rêveur, surtout si celui-ci a pris soin de tailler très fin un crayon aussi noir que la nuit la plus noire.

Je participe à un débat, ou à un colloque, radiophonique ou privatif, je ne sais. Ça se passe peut-être à la maison, dans le salon. Des hommes nombreux, micro en main, parlent, parlent, parlent. Je ne sais si j'ai moi-même un micro. En tout cas je ne dis rien. Je ne veux rien dire, et je n'ai rien à dire sur rien.

C'est alors que je te découvre enfin. Tu es assise sur le siège d'un WC placé dans un coin de la pièce. Je te vois mais toi tu ne me vois pas. Tu es tout à ton affaire, concentrée, rassemblée. Tes coudes reposent sur tes cuisses nues et ton menton repose dans tes mains. Tu sembles absorbée. Je sais, hélas – je ne sais pas comment, mais je sais, je suis sûr – que tu dois partir, que tu vas partir. Où ? Je l'ignore. Mais tu vas partir, je le sais, tu vas m'abandonner. J'éclate alors en sanglots. Je sanglote et sanglote enfin. Je ne veux pas que les autres me voient sangloter mais je veux que toi, toi tu me voies. Et je sanglote encore et encore dans l'espoir qu'enfin tu me verras sangloter. Mais tu ne me regardes pas, tu restes concentrée, rassemblée, sculpturale. Belle, belle, belle et à jamais inaccessible.

Les mauvais jours

Voilà, à peine avais-je intimement accepté de jeter mon stylo dans la corbeille à papier qu'un rêve, surgissant dans ma nuit, me rappela à l'ordre. Qu'as-tu fait des mauvais jours ?

En vacances, quelque part, Grèce ou Andalousie, tout est beau, il fait bon, tout va bien, on ne peut qu'être heureux, à ceci près qu'entre toi et moi tout va mal. On ne se dispute pas, on s'ignore. Je dis blanc, tu dis noir. Tu dis oui, je dis non. Quand je m'approche, tu t'éloignes. Quand tu viens vers moi, je ricane et je m'en vais jeter des cailloux plats dans l'eau pour tenter d'y faire des ronds. Nous vivons dos à dos, plus d'amour, plus d'amitié, du mépris au kilo. Je suis triste. Peut-être l'es-tu aussi ?

Nous en sommes aux finitions. Je coupe un mot, j'en rajoute deux, j'en balance trois, j'en recolle un. Je suis resté tailleur pour dames et demoiselles. Mauvais tailleur, éternel apprenti, avec mes deux mains gauches. Je te rejoins dans ta salle de coupe, tu te bagarres avec ton coupeur qui refuse d'ôter 3 mm à une encolure, sous prétexte que 3 mm, ça ne sert à rien. Je revois tes robes pleines de vie et de gaieté qui furent chassées des trottoirs par les hordes de blue-jeans déferlant sur le monde.

Je pense à toi et j'ai peur, peur que ce livre n'aille pas à ton style de beauté, que tu le trouves mal fichu, mal coupé, mal fini. Je me réfugie sur le balcon, tu m'y rejoins, je sens ta chaleur, je baigne un instant dans ta douceur sous ce soleil d'hiver, mais je sais que tu n'es pas là. Je descends dans la rue et je m'y surprends à dévisager les femmes masquées pour les comparer à ce qui reste de toi en moi. Une silhouette de noir vêtue, juvénile malgré l'âge, avec une façon solennelle de porter sa cigarette à ses lèvres. Comment aurais-tu fait masquée ?

Une histoire d'hier et d'aujourd'hui pour demain

Hier ou avant-hier un massacreur de dix-huit ans surgi du fond des âges armé d'un couteau d'équarrisseur a décapité un professeur d'histoire et de géographie qui tentait d'enseigner à ses élèves la liberté de pensée. En agissant ainsi, ce massacreur bradait sa vie, qui sans doute lui paraissait sans valeur. Je pensai aussitôt au chevalier de La Barre qui en 1765, à l'âge de vingt ans, fut décapité à la hache à Abbeville, sa dépouille brûlée avec un exemplaire, entre autres livres impies, du *Dictionnaire philosophique* de Voltaire. Quel était son crime ? Le blasphème. Je te livre les attendus du procès : « n'a pas ôté son chapeau ni fait de signe de croix au passage d'une procession à moins de vingt-cinq pas ».

Si l'on souhaite que ne persistent pas au fil des siècles prochains cet état de choses et ce vocabulaire – impie, blasphème, mécréant –, ne serait-il pas temps d'enseigner enfin aux enfants des écoles du monde, en commençant par les nôtres, la différence entre la lecture des contes et légendes et l'histoire de l'humanité ?

Dans le noir, au crayon et en douceur, je boitille dans les rues, je croise un père, une mère, tenant un enfant par la main. L'enfant lève la tête vers l'adulte. L'adulte lui sourit. Ils se sourient. L'enfant balance le bras de l'adulte tout en le fixant. Il est joyeux, rassuré, heureux. L'adulte sourit de nouveau à l'enfant sous son masque. Quel avenir – sans masque – peut-il lui offrir ? Comme toi, comme moi, je pense à notre enfance, à nos parents, à leur angoisse. Je sens qu'un nouvel abîme se prépare sous les pieds des enfants et je ne sais ni quoi écrire ni quoi faire pour les sauver.

Tant que tu étais à mes côtés, je pratiquais volontiers le cynisme, l'ironie. Depuis ton départ, depuis que je me retrouve en tête à tête de con avec moi-même, l'ironie m'a quitté. Quant au cynisme, ce n'est plus qu'un souvenir de jeunesse. J'éprouve, je ressens comme tu ressentais. En somme, j'ai pris ta place, laissant la mienne vacante.

Au crayon de plus en plus fin

Jacqueline, ma chère et si tendre épouse, toute chose ayant une fin au dire des gens honnêtes, nous voilà donc à la fin fin de ton livre et du mien. L'écrire ne m'a en rien soulagé de la peine infinie de t'avoir perdue. Mais avant de reprendre seul un chemin qui ne mène nulle part, je veux que tu saches que je n'ai jamais été aussi heureux que durant ces quelques mois que ton cancer consentit à nous laisser vivre tous deux.

Après ton opération – 16 juillet 2018 – tu t'es crue perdue, et je l'ai cru également lorsque la première fois, de retour chez nous, rue de Seine, tu tentas de faire quelques pas à mon bras et que tu y renonças. Oui, j'ai cru alors que tu ne te relèverais jamais. Ta force, ta volonté, ton esprit aussi j'imagine, Jeanne, Olga et moi te soutenant de notre présence, tu trouvas en toi l'énergie de remonter la pente. Alors tu te sentis invulnérable. Il te restait un poumon et demi, tu ne fumais plus. Invulnérable. À Saint-Jean-de-Luz, en février, tu gravis d'une traite une volée de marches suivie d'une rue en pente que tu n'aurais jamais affrontées avant ton opération. Invulnérable. J'y ai cru moi aussi.

Et nous nous sommes aimés comme jamais. D'un amour doublé d'une amitié – « Je préfère qu'on reste amis » –, d'une complicité et d'une attention aux moindres faits et gestes de l'autre, ce qui nous a permis de vivre une fin d'été, puis tout un automne, et un hiver, et même un début de printemps, remplis de jours et de jours de paix, de bonheur, d'amour et d'amitié, et ce après cinquante-huit ans de vie commune, cinquante-six de mariage, deux de… Tu as raison, qu'importent les chiffres…

Te souviens-tu d'une de mes premières critiques ? « Minces tranches de vie coupées très fines par un esprit très gros. » Ça nous avait fait beaucoup rire. Mais c'est la seule que nous connaissions tous deux par cœur et immanquablement elle te rappelait une note dans ton carnet à faire signer par tes parents : « Peut peu, fait moins. »

1er janvier 2021

1er janvier 2021 déjà, comme le temps passe et nous lasse, dans l'attente du prochain confinement. Tu vois, je n'ai ni stylo, ni crayon, rien dans les mains, rien dans les poches, je te parle à l'oreille tout bas, tout bas, afin que nul autre que toi ne m'entende, tout bas comme on se parle enfant quand la nuit est trop noire et la peur trop grande.

Tout au long, au long de ma vie, de nos vies, j'ai cru m'instruire à l'école de la vie – ça la fout bien, hein, l'école de la vie ? Eh ben non, j'étais pensionnaire à l'école de la mort, comme tout un chacune, sans le savoir, sans vouloir le savoir, à l'École normale de la mort. Et le jour de l'examen final, du passage en terminale, j'ai loupé, j'ai foiré, j'ai merdé. Je t'ai laissé partir seule, seule, sans même suspendre mon souffle au tien, sans saisir ta main et la serrer entre mes mains, sans cueillir ton dernier sourire, sans que mon œil unique réponde à ton ultime clin d'œil. J'étais agité, fébrile, étreint, pressé, voilà, pressé. Pourquoi étais-je si pressé ? Pourquoi ? Par qui ? Pressé par quoi ? Pressé que tu t'en ailles pour que je puisse enfin partir, moi aussi ? Marcher, marcher dans les rues, marcher sans but, fuir, fuir, fuir la mort, ta mort ? Si j'avais pu courir, j'aurais couru loin de l'hôpital final où tu gisais entre veille et sommeil, douceur et douleur, vie et mort. Oui, j'ai merdé.

Si j'avais su seulement, si j'avais su que l'examen, cet oral sans possibilité de rattrapage à l'écrit, serait corrigé cette nuit-là ! Mais voilà, c'est toute la difficulté de cet examen, on ne sait jamais quand, précisément quand. Mais moi, j'aurais dû m'en douter, savoir. Oui, j'aurais dû prévoir que le hasard te réservait à toi, et à moi, et à Olga, un dernier gag. Le 4 mai, le 4 mai comme un dernier signe du hasard. Quoi qu'il en soit, je ne fus pas à tes côtés à 23 heures 20, ce 4 mai, par ignorance ou par lâcheté. Par peur, par peur aussi de te voir partir et de ne pas savoir te retenir. Pour réussir l'examen de passage dans la classe finale il suffisait de rester calme, d'accepter, de s'asseoir à tes côtés, de saisir doucement ta main et de poser mes lèvres sur tes doigts à moitié froids, puis sur ton poignet avant qu'il ne devienne glacé, puis de murmurer que je… Tu avais raison, comme toujours, tu avais raison, il eût mieux valu que je parte en premier, tu serais restée à mes côtés, tu aurais réussi toi l'examen de passage.

Il faut dire à ma décharge que la fin s'était déjà manifestée et m'avait déjà foudroyé, un mercredi, dix jours après l'anniversaire des cinq ans de Jeanne.

Tu avais rendez-vous à Curie. Le matin même nous avions dû passer sur ordre de tes « deux fois rien » de Montsouris chez un cardio. Tu ne voulais pas qu'on demande à Pascal et Caro de nous accompagner en voiture pour ne pas les déranger. Tu voulais qu'on y aille tous les deux, en taxi, en amoureux. Quoi qu'il en soit le cardio, après examen, m'a pris à part et m'a dit : « Cher monsieur, ce n'est pas du cœur que votre dame s'en va. » Et c'est Pascal et Caro qui t'ont quasiment portée jusqu'à leur voiture.

L'après-midi nous étions rue d'Ulm, à Curie. Là, on ne nous a pas demandé le résultat de l'électro, ni de la visite chez le cardio, on nous a redit que « la chimio, patati-patato, vu son âge, son état, la grosseur de la tumeur, son foie… » C'est après que tu t'écroulas dans le couloir, sans perdre connaissance mais en perdant toute énergie. Dans ce couloir il y avait un recoin avec une sorte de couchette, on t'y allongea. Tu m'as dit alors que c'était la fin et qu'Olga n'était pas là. Tu voulais qu'Olga soit là, revoir Olga, tu ne voulais pas partir sans la revoir. « Téléphone-lui ! Dis-lui qu'elle vienne ! Vite ! Vite ! » J'ai téléphoné à Olga, elle était en province pour le boulot. Je ne savais pas ce que je devais lui dire, l'affoler, lui dire que… ou que… Toi, tu te voyais mourir, et moi je te regardais mourir, impuissant.

Un médecin vint, t'ausculta. Une infirmière lui succéda et garnit tes bras de tuyaux de couleur, et peu à peu tu sortis de la zone. Je m'agitais, je ne savais ni quoi dire ni quoi faire. Je me noyais dans mon verre d'eau. Incapable, incapable de me montrer utile, de me sentir utile. Je voulais qu'on t'hospitalise. « Impossible, il n'y a pas de lit, et aucune raison médicale de l'hospitaliser à Curie, à Montsouris peut-être… » Un médecin très sympa m'expliqua alors qu'il vaudrait mieux t'hospitaliser dans un service adéquat, mais qu'hélas les places à Paris étaient rares, il allait faire le maximum, le maximum. Merci, docteur. En attendant je devais te ramener à la maison et attendre.

Débranchée, il s'avéra que tu avais repris, comment dire… que ça t'avait regonflée disons. Je me mis alors à croire que dans le futur hôpital tu allais ainsi te requinquer et que ça repartirait, non pas comme en 14 mais au moins comme en 40. Quatre jours à la maison, avec antidouleurs puissants, calmants également puissants, tu n'étais plus avec nous. Moi je m'agitais, toi tu ne quittais plus le lit. Je courais. Où ? Je ne sais. C'était en quelque sorte la répétition qui précédait l'instant final. Toi, tu t'étais retirée sur les terres hautes près du sommet. Je ne pouvais ni t'atteindre, ni m'élever aussi haut, l'oxygène m'aurait manqué. Mercredi Curie, jeudi vendredi samedi dimanche, et lundi matin l'hôpital final.

Non non, je ne retournerai pas à l'école de la vie, j'en suis exclu à jamais, je retourne à l'école de la mort. J'y serai envoyé au coin, à genoux, mains sur la tête, coiffé du bonnet d'âne. Pour faire rire les copains j'en agiterai les oreilles et je ferai « hi-han hi-han hi-han ».

Malgré tout, vois-tu, je me sens heureux, heureux et fier, oui fier de t'avoir aimée, et surtout d'avoir été si longtemps aimé par une si belle personne, du visage et du caractère. Le reste, le reste n'est que hasard, illusion, en noir et blanc comme en Technicolor. Seul, seul ton sourire était réel, et notre amour immortel. Le film est fini, place aux pubs et aux actualités.

Noircir – consciemment ou inconsciemment – ces pages fut pour moi comme agiter un mouchoir blanc après le départ du train qui t'éloigne dans l'infini lointain, te rendant ainsi dans l'impossibilité d'apercevoir le mouchoir agité sur le quai de cette gare désaffectée où j'attends le passage du train dans lequel ma couchette est réservée afin que je puisse m'y reposer pour arriver frais et dispos dans cette gare de la proche banlieue de nulle part où tu m'attends.

En sautant du train, mon chapeau à la main, je crierai à gorge déployée : « Jacqueline ! Jacqueline ! » et tu te précipiteras dans mes bras ouverts en murmurant de ta voix si grave : « Jean-Claude, Jean-Claude… »

Table

L'auteur

Jean-Claude Grumberg est l'auteur d'une quarantaine de pièces de théâtre, dont *Demain une fenêtre sur rue*, *Rixe*, *Les Vacances*, *Amorphe d'Ottenburg*, *Dreyfus*, *Chez Pierrot*, *En r'venant d'l'Expo*, *L'Atelier*, *L'Indien sous Babylone*, *Zone libre*, *L'Enfant do*, *Rêver, peut-être*. Il est aussi l'auteur de pièces de théâtre pour la jeunesse : *Le Petit Violon*, *Marie des grenouilles*, *Pinok et Barbie*, *Le Petit Chaperon Uf*, etc.

L'ensemble de son œuvre théâtrale est édité chez Actes Sud.

Il a publié aux Éditions du Seuil, dans « La Librairie du XXIe siècle » :

Mon Père. Inventaire, suivi de *Une leçon de savoir-vivre*, 2003 ;
Pleurnichard, 2010 ;
La Plus Précieuse des marchandises. Un conte, 2019.

Ce dernier ouvrage a été couronné par de nombreux prix : prix spécial du jury du prix des Libraires, prix des

Lecteurs de L'Express/BFM TV, lauréat de Paris pour le Prix littéraire des lycéens, apprentis et stagiaires de la formation professionnelle de la région Île-de-France, prix d'honneur de la librairie Filigranes (Bruxelles)…

Il a reçu en 2019 le Grand Prix de la Société des gens de lettres pour l'ensemble de son œuvre.

Il a aussi reçu, notamment, le prix du Syndicat de la critique, le prix de la SACD et le prix Plaisir du théâtre pour *Dreyfus* ; le prix du Syndicat de la critique, le Grand Prix de la Ville de Paris, le prix Ibsen et le Molière du meilleur auteur pour *L'Atelier* ; le Molière du meilleur auteur et le prix du théâtre de l'Académie française pour *Zone libre* ; le prix de la Critique pour *Rêver, peut-être* ; le Grand Prix de la SACD 1999 pour l'ensemble de son œuvre ; le Molière du meilleur auteur pour sa pièce *Vers toi, terre promise. Tragédie dentaire* ; ainsi que le Grand Prix du Syndicat de la critique 2009 et le prix artistique 2009 de la Fondation France-Israël.

La pièce *Amorphe d'Ottenburg*, créée en 1971 au Théâtre national de l'Odéon dans une mise en scène de Jean-Paul Roussillon, est entrée au répertoire de la Comédie-Française en 2000.

En tant que scénariste, il a écrit :

– pour la télévision : *Thérèse Humbert* et *Music-Hall*, tous deux pour Simone Signoret et réalisés par Marcel

Bluwal ; *Les lendemains qui chantent*, réalisé par Jacques Fansten ; *La Peau du chat* et *Julien l'apprenti*, réalisés par Jacques Otmezguine ; *93 rue Lauriston*, *Clémentine*, *Les livres qui tuent*, réalisés par Denys Granier-Deferre ;
- pour le cinéma : avec Costa-Gavras, *La Petite Apocalypse*, *Amen* (César 2003 du meilleur scénario), *Le Couperet*, *Éden à l'Ouest* et *Le Capital*. Et il a coécrit les dialogues du *Dernier Métro*, de François Truffaut, et des *Années sandwiches*, de Pierre Boutron.

La Librairie du XXIe siècle

Sylviane Agacinski, *Le Passeur de temps. Modernité et nostalgie.*

Sylviane Agacinski, *Métaphysique des sexes. Masculin/féminin aux sources du christianisme.*

Sylviane Agacinski, *Drame des sexes. Ibsen, Strindberg, Bergman.*

Sylviane Agacinski, *Femmes entre sexe et genre.*

Sylviane Agacinski, *Le Tiers-corps. Réflexions sur le don d'organes.*

Giorgio Agamben, *La Communauté qui vient. Théorie de la singularité quelconque.*

Sébastien Albertelli, Julien Blanc et Laurent Douzou, *La Lutte clandestine en France. Une histoire de la Résistance (1940-1944).*

Anne-Marie Albiach, *La Mezzanine, le dernier récit de Catarina Quia.*

Henri Atlan, *Tout, non, peut-être. Éducation et vérité.*

Henri Atlan, *Les Étincelles de hasard I. Connaissance spermatique.*

Henri Atlan, *Les Étincelles de hasard II. Athéisme de l'Écriture.*

Henri Atlan, *L'Utérus artificiel.*

Henri Atlan, *L'Organisation biologique et la Théorie de l'information.*

Henri Atlan, *De la fraude. Le monde de l'*onaa.

Marc Augé, *Domaines et châteaux.*

Marc Augé, *Non-lieux. Introduction à une anthropologie de la surmodernité.*

Marc Augé, *La Guerre des rêves. Exercices d'ethnofiction.*

Marc Augé, *Casablanca.*

Marc Augé, *Le Métro revisité.*

Marc Augé, *Quelqu'un cherche à vous retrouver.*

Marc Augé, *Journal d'un SDF. Ethnofiction.*

Marc Augé, *Une ethnologie de soi. Le temps sans âge.*

Jean-Christophe Bailly, *Le Propre du langage. Voyages au pays des noms communs.*

Jean-Christophe Bailly, *Le Champ mimétique.*

Marcel Bénabou, *Jacob, Ménahem et Mimoun. Une épopée familiale.*

Marcel Bénabou, *Pourquoi je n'ai écrit aucun de mes livres.*

Maurizio Bettini, *Noël. Aux origines de la crèche.*

Julien Blanc, *Au commencement de la Résistance. Du côté du musée de l'Homme 1940-1941.*

Julien Blanc, voir Sébastien Albertelli *et alii.*

R. Howard Bloch, *Le Plagiaire de Dieu. La fabuleuse industrie de l'abbé Migne.*

Remo Bodei, *La Sensation de déjà vu.*

Ginevra Bompiani, *Le Portrait de Sarah Malcolm.*

Julien Bonhomme, *Les Voleurs de sexe. Anthropologie d'une rumeur africaine.*

Yves Bonnefoy, *Lieux et destins de l'image. Un cours de poétique au Collège de France (1981-1993).*

Yves Bonnefoy, *L'Imaginaire métaphysique.*

Yves Bonnefoy, *Notre besoin de Rimbaud.*

Yves Bonnefoy, *L'Autre Langue à portée de voix.*

Yves Bonnefoy, *Le Siècle de Baudelaire.*

Yves Bonnefoy, *L'Hésitation d'Hamlet et la Décision de Shakespeare.*

Philippe Borgeaud, *La Mère des dieux. De Cybèle à la Vierge Marie.*

Philippe Borgeaud, *Aux origines de l'histoire des religions.*

Philippe Borgeaud, *La Pensée européenne des religions.*

Jorge Luis Borges, *Cours de littérature anglaise.*

Esteban Buch, Trauermarsch. *L'Orchestre de Paris dans l'Argentine de la dictature.*

Claude Burgelin, *Les Mal Nommés. Duras, Leiris, Calet, Bove, Perec, Gary et quelques autres.*

Italo Calvino, *Pourquoi lire les classiques.*

Italo Calvino, *La Machine littérature.*

Paul Celan et Gisèle Celan-Lestrange, *Correspondance.*

Paul Celan, *Le Méridien & autres proses.*

Paul Celan, *Renverse du souffle.*

Paul Celan et Ilana Shmueli, *Correspondance.*

Paul Celan, *Partie de neige.*

Paul Celan et Ingeborg Bachmann, *Le Temps du cœur. Correspondance.*

Michel Chodkiewicz, *Un océan sans rivage. Ibn Arabî, le Livre et la Loi.*

Antoine Compagnon, *Chat en poche. Montaigne et l'allégorie.*

Hubert Damisch, *Un souvenir d'enfance par Piero della Francesca.*

Hubert Damisch, *CINÉ FIL.*

Hubert Damisch, *Le Messager des îles.*

Hubert Damisch, *La Ruse du tableau. La peinture ou ce qu'il en reste.*

Luc Dardenne, *Au dos de nos images (1991-2005)*, suivi de *Le Fils* et *L'Enfant*, par Jean-Pierre et Luc Dardenne.

Luc Dardenne, *Au dos de nos images II (2005-2014)*, suivi de *Le Gamin au vélo* et *Deux Jours, une nuit*, par Jean-Pierre et Luc Dardenne.

Luc Dardenne, *Sur l'affaire humaine.*

Michel Deguy, *À ce qui n'en finit pas.*

Daniele Del Giudice, *Quand l'ombre se détache du sol.*

Daniele Del Giudice, *L'Oreille absolue.*

Daniele Del Giudice, *Dans le musée de Reims.*

Daniele Del Giudice, *Horizon mobile.*

Daniele Del Giudice, *Marchands de temps.*

Daniele Del Giudice, *Le Stade de Wimbledon.*

Mireille Delmas-Marty, *Pour un droit commun.*

Jean-Paul Demoule, *Mais où sont passés les Indo-Européens ? Le mythe d'origine de l'Occident.*

Marcel Detienne, *Comparer l'incomparable.*

Marcel Detienne, *Comment être autochtone. Du pur Athénien au Français raciné.*

Donatella Di Cesare, *Heidegger, les Juifs, la Shoah.* Les Cahiers noirs.

Milad Doueihi, *Histoire perverse du cœur humain.*

Milad Doueihi, *Le Paradis terrestre. Mythes et philosophies.*

Milad Doueihi, *La Grande Conversion numérique*.
Milad Doueihi, *Solitude de l'incomparable. Augustin et Spinoza*.
Milad Doueihi, *Pour un humanisme numérique*.
Laurent Douzou, voir Sébastien Albertelli *et alii*.
Jean-Pierre Dozon, *La Cause des prophètes. Politique et religion en Afrique contemporaine*, suivi de *La Leçon des prophètes* par Marc Augé.
Pascal Dusapin, *Une musique en train de se faire*.
Brigitta Eisenreich, avec Bertrand Badiou, *L'Étoile de craie. Une liaison clandestine avec Paul Celan*.
Uri Eisenzweig, *Naissance littéraire du fascisme*.
Uri Eisenzweig, *Le sionisme fut un humanisme*.
Norbert Elias, *Mozart. Sociologie d'un génie*.
Norbert Elias, *Théorie des symboles*.
Norbert Elias, *Les Allemands. Luttes de pouvoir et développement de l'habitus aux XIXe et XXe siècles*.
Rachel Ertel, *Dans la langue de personne. Poésie yiddish de l'anéantissement*.
Arlette Farge, *Le Goût de l'archive*.
Arlette Farge, *Dire et mal dire. L'opinion publique au XVIIIe siècle*.
Arlette Farge, *Le Cours ordinaire des choses dans la cité du XVIIIe siècle*.
Arlette Farge, *Des lieux pour l'histoire*.
Arlette Farge, *La Nuit blanche*.
Lisa Fittko, *Le Chemin Walter Benjamin*, précédé de *Le Présent du passé*, par Edwy Plenel.
Alain Fleischer, *L'Accent, une langue fantôme*.
Alain Fleischer, *Le Carnet d'adresses*.

Alain Fleischer, *Réponse du muet au parlant. En retour à Jean-Luc Godard.*

Alain Fleischer, *Sous la dictée des choses.*

Lydia Flem, *L'Homme Freud.*

Lydia Flem, *Casanova ou l'Exercice du bonheur.*

Lydia Flem, *La Voix des amants.*

Lydia Flem, *Comment j'ai vidé la maison de mes parents.*

Lydia Flem, *Panique.*

Lydia Flem, *Lettres d'amour en héritage.*

Lydia Flem, *Comment je me suis séparée de ma fille et de mon quasi-fils.*

Lydia Flem, *La Reine Alice.*

Lydia Flem, *Discours de réception à l'Académie royale de Belgique*, accueillie par Jacques de Decker, secrétaire perpétuel.

Lydia Flem, *Je me souviens de l'imperméable rouge que je portais l'été de mes vingt ans.*

Lydia Flem, *La Vie quotidienne de Freud et de ses patients*, préface de Fethi Benslama.

Lydia Flem, *Paris Fantasme.*

Nadine Fresco, *Fabrication d'un antisémite.*

Nadine Fresco, *La Mort des juifs.*

Françoise Frontisi-Ducroux, *Ouvrages de dames. Ariane, Hélène, Pénélope…*

Françoise Frontisi-Ducroux, *Arbres filles et garçons fleurs. Métamorphoses érotiques dans les mythes grecs.*

Marcel Gauchet, *L'Inconscient cérébral.*

Hélène Giannecchini, *Une image peut-être vraie. Alix Cléo Roubaud.*

Hélène Giannecchini, *Voir de ses propres yeux.*

Jack Goody, *La Culture des fleurs.*

Jack Goody, *L'Orient en Occident.*

Anthony Grafton, *Les Origines tragiques de l'érudition. Une histoire de la note en bas de page.*

Jean-Claude Grumberg, *Mon père. Inventaire*, suivi de *Une leçon de savoir-vivre.*

Jean-Claude Grumberg, *Pleurnichard.*

Jean-Claude Grumberg, *La Plus Précieuse des marchandises. Un conte.*

Jean-Claude Grumberg, *Jacqueline Jacqueline.*

François Hartog, *Régimes d'historicité. Présentisme et expériences du temps.*

Daniel Heller-Roazen, *Écholalies. Essai sur l'oubli des langues.*

Daniel Heller-Roazen, *L'Ennemi de tous. Le pirate contre les nations.*

Daniel Heller-Roazen, *Une archéologie du toucher.*

Daniel Heller-Roazen, *Le Cinquième Marteau. Pythagore et la dysharmonie du monde.*

Daniel Heller-Roazen, *Langues obscures. L'art des voleurs et des poètes.*

Ivan Jablonka, *Histoire des grands-parents que je n'ai pas eus. Une enquête.*

Ivan Jablonka, *L'histoire est une littérature contemporaine. Manifeste pour les sciences sociales.*

Ivan Jablonka, *Laëtitia ou la fin des hommes.*

Ivan Jablonka, *En camping-car.*

Ivan Jablonka, *Un garçon comme vous et moi.*

Roman Jakobson/Claude Lévi-Strauss, *Correspondance. 1942-1982.*

Jean Kellens, *La Quatrième Naissance de Zarathushtra. Zoroastre dans l'imaginaire occidental.*

Nicole Lapierre, *Sauve qui peut la vie.*

Marc de Launay, *Nietzsche et la race.*

Jacques Le Brun, *Le Pur Amour de Platon à Lacan.*

Jacques Le Brun, *Dieu, un pur rien. Angelus Silesius, poésie, métaphysique et mystique.*

Jacques Le Goff, *Faut-il vraiment découper l'histoire en tranches ?*

Jean Levi, *Les Fonctionnaires divins. Politique, despotisme et mystique en Chine ancienne.*

Jean Levi, *La Chine romanesque. Fictions d'Orient et d'Occident.*

Claude Lévi-Strauss, *L'Anthropologie face aux problèmes du monde moderne.*

Claude Lévi-Strauss, *L'Autre Face de la lune. Écrits sur le Japon.*

Claude Lévi-Strauss, *Nous sommes tous des cannibales.*

Claude Lévi-Strauss, *« Chers tous deux ». Lettres à ses parents, 1931-1942.*

Claude Lévi-Strauss, *Le Père Noël supplicié.*

Claude Lévi-Strauss, *Anthropologie structurale zéro.*

Claude Lévi-Strauss/Roman Jakobson, *Correspondance. 1942-1982.*

Monique Lévi-Strauss, *Une enfance dans la gueule du loup.*

Nicole Loraux, *Les Mères en deuil.*

Nicole Loraux, *Né de la Terre. Mythe et politique à Athènes.*

Nicole Loraux, *La Tragédie d'Athènes. La politique entre l'ombre et l'utopie.*

Patrice Loraux, *Le Tempo de la pensée.*

Sabina Loriga, *Le Petit x. De la biographie à l'histoire.*

Charles Malamoud, *Le Jumeau solaire.*

Charles Malamoud, *La Danse des pierres. Études sur la scène sacrificielle dans l'Inde ancienne.*

François Maspero, *Des saisons au bord de la mer.*

Fabio Morábito, *À chacun son ciel. Anthologie poétique (1984-2019).*

Marie Moscovici, *L'Ombre de l'objet. Sur l'inactualité de la psychanalyse.*

Maurice Olender, *Un fantôme dans la bibliothèque.*

Nicanor Parra, *Poèmes et Antipoèmes* et *Anthologie (1937-2014).*

Michel Pastoureau, *L'Étoffe du diable. Une histoire des rayures et des tissus rayés.*

Michel Pastoureau, *Une histoire symbolique du Moyen Âge occidental.*

Michel Pastoureau, *L'Ours. Histoire d'un roi déchu.*

Michel Pastoureau, *Les Couleurs de nos souvenirs.*

Michel Pastoureau, *Le Roi tué par un cochon. Une mort infâme aux origines des emblèmes de la France ?*

Michel Pastoureau, *Une couleur ne vient jamais seule. Journal chromatique, 2012-2016.*

Vincent Peillon, *Une religion pour la République. La foi laïque de Ferdinand Buisson.*

Vincent Peillon, *Éloge du politique. Une introduction au XXI*e *siècle.*

Vincent Peillon, *Liberté, égalité, fraternité. Sur le républicanisme français.*

Georges Perec, *L'Infra-ordinaire.*

Georges Perec, *Vœux.*

Georges Perec, *Je suis né.*

Georges Perec, *Cantatrix sopranica L. et autres écrits scientifiques.*

Georges Perec, *L. G. Une aventure des années soixante.*

Georges Perec, *Le Voyage d'hiver.*

Georges Perec, *Un cabinet d'amateur.*

Georges Perec, *Beaux présents belles absentes.*

Georges Perec, *Penser/Classer.*

Georges Perec, *Le Condottière.*

Georges Perec, *L'Attentat de Sarajevo.*

Georges Perec/OuLiPo, *Le Voyage d'hiver & ses suites.*

Catherine Perret, *L'Enseignement de la torture. Réflexions sur Jean Améry.*

Catherine Perret, *Le Tacite, l'humain. Anthropologie politique de Fernand Deligny.*

Michelle Perrot, *Histoire de chambres.*

Michelle Perrot, *George Sand à Nohant. Une maison d'artiste.*

Denis Podalydès, *Les nuits d'amour sont transparentes. Pendant* La Nuit des rois.

J.-B. Pontalis, *La Force d'attraction.*

Jean Pouillon, *Le Cru et le Su.*

Jérôme Prieur, *Roman noir.*

Jérôme Prieur, *Rendez-vous dans une autre vie.*

Jérôme Prieur, *La Moustache du soldat inconnu.*

Jacques Rancière, *Courts Voyages au pays du peuple.*

Jacques Rancière, *Les Noms de l'histoire. Essai de poétique du savoir.*

Jacques Rancière, *La Fable cinématographique.*

Jacques Rancière, *Chroniques des temps consensuels.*

Jacques Rancière, *Les Bords de la fiction.*

Amos Reichman, *Jacques Schiffrin, fondateur de la Pléiade. Un éditeur en exil.*

Jean-Michel Rey, *Paul Valéry. L'aventure d'une œuvre.*

Jacqueline Risset, *Puissances du sommeil.*

Jean-Loup Rivière, *Le Monde en détails.*

Denis Roche, *Dans la maison du Sphinx. Essais sur la matière littéraire.*

Olivier Rolin, *Suite à l'hôtel Crystal.*

Olivier Rolin & Cie, *Rooms.*

Charles Rosen, *Aux confins du sens. Propos sur la musique.*

Israel Rosenfield, *« La Mégalomanie » de Freud.*

Pierre Rosenstiehl, *Le Labyrinthe des jours ordinaires.*

Paul-André Rosental, *Destins de l'eugénisme.*

Jacques Roubaud, *Poétique. Remarques. Poésie, mémoire, nombre, temps, rythme, contrainte, forme, etc.*

Jacques Roubaud, *Peut-être ou la Nuit de dimanche (brouillon de prose). Autobiographie romanesque.*

Jean-Frédéric Schaub, *Oroonoko, prince et esclave. Roman colonial de l'incertitude.*

Jean-Frédéric Schaub, *Pour une histoire politique de la race.*

Francis Schmidt, *La Pensée du Temple. De Jérusalem à Qoumrân.*

Jean-Claude Schmitt, *La Conversion d'Hermann le Juif. Autobiographie, histoire et fiction.*

Alain Schnapp, *Une histoire universelle des ruines. Des origines aux Lumières.*

Michel Schneider, *La Tombée du jour. Schumann.*

Michel Schneider, *Baudelaire. Les années profondes.*

Jean Schwœbel, *La Presse, le pouvoir et l'argent*, préface de Paul Ricœur, avant-propos d'Edwy Plenel.

David Shulman, Velcheru Narayana Rao et Sanjay Subrahmanyam, *Textures du temps. Écrire l'histoire en Inde.*

David Shulman, *Ta'ayush. Journal d'un combat pour la paix. Israël-Palestine, 2002-2005.*

David Shulman, *Ta'ayush II. Liberté et Désespoir. Sur les collines du sud d'Hébron, 2007-2017.*

Jean Starobinski, *Action et Réaction. Vie et aventures d'un couple.*

Jean Starobinski, *Les Enchanteresses.*

Jean Starobinski, *L'Encre de la mélancolie.*

Jean Starobinski, *Le Corps et ses raisons*, précédé de *Que la raison*, par Martin Rueff.

Anne-Lise Stern, *Le Savoir-déporté. Camps, histoire, psychanalyse.*

Antonio Tabucchi, *Les Trois Derniers Jours de Fernando Pessoa. Un délire.*

Antonio Tabucchi, *La Nostalgie, l'Automobile et l'Infini. Lectures de Pessoa.*

Antonio Tabucchi, *Autobiographies d'autrui. Poétiques* a posteriori.

Emmanuel Terray, *La Politique dans la caverne.*

Emmanuel Terray, *Une passion allemande. Luther, Kant, Schiller, Hölderlin, Kleist.*

Emmanuel Terray, *Mes anges gardiens*, précédé d'*Emmanuel Terray l'insurgé*, par Françoise Héritier.

Camille de Toledo, *Le Hêtre et le Bouleau. Essai sur la tristesse européenne*, suivi de *L'Utopie linguistique ou la Pédagogie du vertige*.

Camille de Toledo, *Vies pøtentielles*.

Camille de Toledo, *Oublier, trahir, puis disparaître*.

Peter Trawny, *Heidegger. Une introduction critique*.

César Vallejo, *Poèmes humains* et *Espagne, écarte de moi ce calice*.

Jean-Pierre Vernant, *Mythe et religion en Grèce ancienne*.

Jean-Pierre Vernant, *Entre mythe et politique I*.

Jean-Pierre Vernant, *L'Univers, les Dieux, les Hommes. Récits grecs des origines*.

Jean-Pierre Vernant, *La Traversée des frontières. Entre mythe et politique II*.

Ida Vitale, *Ni plus ni moins*.

Nathan Wachtel, *Dieux et vampires. Retour à Chipaya*.

Nathan Wachtel, *La Foi du souvenir. Labyrinthes marranes*.

Nathan Wachtel, *La Logique des bûchers*.

Nathan Wachtel, *Mémoires marranes. Itinéraires dans le* sertão *du Nordeste brésilien*.

Catherine Weinberger-Thomas, *Cendres d'immortalité. La crémation des veuves en Inde*.

Natalie Zemon Davis, *Juive, catholique, protestante. Trois femmes en marge au* XVIIe *siècle*.

RÉALISATION : NORD COMPO À VILLENEUVE-D'ASCQ
IMPRESSION : NORMANDIE ROTO IMPRESSION S.A.S. À LONRAI
DÉPÔT LÉGAL : AOÛT 2021. N° 148615 (2104457)
IMPRIMÉ EN FRANCE